L'EXPÉRIENCE

DU

JEUNE AGE.

IMPRIMERIE Ame. BOUCHER, RUE DES BONS-ENFANTS,
No. 34.

L'EXPÉRIENCE

DU

JEUNE AGE,

DÉDIÉE A SON ALTESSE ROYALE

MADEMOISELLE D'ARTOIS;

PAR Mme. DE COURVAL.

TOME SECOND.

A PARIS,

CHEZ ANTHe. BOUCHER, IMPRIM.-LIBRAIRE,

RUE DES BONS-ENFANTS, No. 34.

1823.

L'EXPÉRIENCE
DU
JEUNE AGE.

LA PRINCESSE ZOÉ,
OU
L'ORGUEIL CORRIGÉ.

J'ENTENDS toujours parler de l'air affable de la jeune princesse Wilhelmine, disait à madame d'Anhalt sa gouvernante, la jeune grande duchesse Augusta ; on me répète sans cesse : « Soyez donc plus affable. » Mais, je vous en prie, dites-moi donc ce que vous entendez par cette affabilité dont le nom seul m'ennuie à force de l'entendre répéter. — Ah ! Princesse, répondit madame d'Anhalt, on vous l'a expliqué tant de fois, qu'il faut que votre mémoire ou votre volonté soit bien en défaut pour vous faire faire une demande semblable ; mais n'importe, puisque tout ce qu'on vous a dit à ce sujet jusqu'à ce jour n'a pas laissé de trace dans votre esprit, je m'en vais vous raconter une petite histoire arrivée à la princesse Zoé, dans son enfance : comme elle est aujourd'hui aussi aimable qu'elle l'était peu alors, vous pourrez, si vous doutez de l'exactitude de mon récit, le lui demander à elle-même.

— Ah ! Madame, interrompit la princesse, comment pouvez-vous penser qu'une idée semblable entre dans ma tête? Je sais qu'on fait quelquefois des contes aux enfans, mais lorsque vous me dites qu'une chose est vraie je ne puis plus en douter, ce ce serait manquer à l'estime que je vous dois; ne m'avez-vous pas dit que trahir la vérité était une bassesse? — Oui, Madame, et je vous le répète encore. — Je ne puis donc pas plus douter de vos paroles que vous des miennes, aimer et estimer n'est-ce pas une même chose? — Charmante enfant, reprit madame d'Anhalt en l'embrassant : un peu moins d'orgueil, et vous seriez accomplie. Écoutez donc l'histoire de la princesse Zoé, et tâchez d'en profiter.

La princesse Célestine avait deux filles, comme vous savez; l'aînée, appelée Zoé, était haute, impérieuse et vaine; elle n'était aimée de personne; ses parens même, quoiqu'ils ne vissent pas tous les défauts de leur fille, ne pouvaient disconvenir qu'elle n'était point aimable. Chacun près de cette enfant remplissait son devoir pour obéir à sa conscience, qui exige que l'on s'acquitte exactement des obligations qu'on s'est imposées, mais l'affection n'entrait pour rien dans les soins qu'on prenait d'elle.

La seconde, nommée Sophie, plus jeune que sa sœur de deux années, était douce, bonne, et si affable avec tout le monde, qu'il était impossible de ne pas la chérir : aussi était-elle toujours gaie et satisfaite, tandis que sa sœur, bouffie d'orgueil, était sans cesse irritée, mécontente et malheureuse.

Un jour que les deux sœurs étaient à se promener avec leur gouvernante dans un très beau parc, elles rencontrèrent un homme vêtu assez simplement, mais dont l'extérieur annonçait cependant quelqu'un de bien né ; il les salua d'un air respectueux. Zoé le regarda sans daigner lui faire la plus légère inclination. Sophie au contraire lui rendit son salut avec ce sourire affable qui embellirait la laideur même, et ajoute tant de charme à une jolie figure. Madame de Tolna, leur gouvernante, reprocha à l'aînée d'avoir manqué de politesse envers cet inconnu; « Si c'est un homme ordinaire, lui dit-elle, vous avez eu tort; ce qu'il y a de plus flatteur dans la vie, c'est d'être aimé; et si les princes le sont plus que les simples particuliers, c'est que les choses les plus légères de leur part, suffisent pour leur acquérir l'affection. Un air gracieux et bienveillant prévient en leur faveur. Si vous eussiez salué cet homme, il eût été disposé à bien penser de vous, tandis qu'en ce moment il vous juge peut-être très défavorablement. — Et que m'importe, interrompit la princesse d'un air dédaigneux, qu'un homme comme cela me juge d'une manière ou d'une autre? — Vous ne m'avez pas laissé achever; mais d'abord vous avez tort; il importe beaucoup à tout le monde de donner bonne opinion de soi, et c'est infiniment plus essentiel à une princesse qu'à tout autre; ensuite on ne sait pas toujours quelles sont les personnes que l'on rencontre, et il arrive quelquefois que l'on regrette de n'avoir pas été polie. » La princesse secoua la tête d'un air d'incrédulité, et madame de Tolna se tut, parce que l'orgueil de Zoé eût rendu inutiles de plus longues observations, et que l'on n'aime pas à perdre ses paroles. Le parc où se promenaient les princesses était fermé et réservé particulièrement pour leur faire prendre de l'exercice à pied; il y avait déjà assez long-temps qu'elles couraient et s'amusaient, lorsque des cris se firent entendre dans le taillis, tout près d'elles, et qu'elles aperçurent un chien qui paraissait furieux et poursuivi, dirigeant sa course de leur côté. Madame de Tolna veut fuir et entraîner ses jeunes élèves, mais leurs petites jambes ne peuvent faire de grands pas; elle les prend chacune sous un bras pour accélérer sa marche en appelant à son secours les valets de pied qui suivaient à quelque distance. Mais les cris de ceux qui poursuivent l'animal écumant de rage couvrent sa voix; il n'est plus qu'à quelques pas, il va les atteindre, lorsque le même inconnu que l'on avait rencontré quelques minutes avant, se jette au-devant de la bête furieuse, lui assène sur la tête d'une main ferme un coup de bâton qui le fait chanceler, et lui plonge dans le cou une dague que sa canne renfermait et qu'il avait eu la précaution d'en retirer avant de se précipiter sur le chien; ensuite il essuya ses mains avec attention, de peur que quelqu'éclaboussure de la bave du chien ne l'eût touché, il s'avança vers madame de Tolna qui s'était toujours éloignée autant que ses forces le lui avaient permis, et la pria de lui permettre de porter la petite princesse (en désignant Sophie), jusqu'à ce qu'elle fût remise de l'effroi qu'elle avait eu: « Il n'y a plus de danger » maintenant, ajouta-t-il, car l'ani» mal est tué: peut-être il n'était » pas enragé, mais il vaut mieux sa» crifier une bête à la sûreté publi-

» que que d'exposer seulement à » la crainte du danger une infinité » de personnes à qui cette impres» sion seule peut être funeste. » Madame de Tolna le remercia poliment, mais au lieu d'accepter ses offres elle s'arrêta pour donner le temps aux gens de la suite de la rejoindre, et assit ses jeunes élèves près d'elle sur le gazon. L'inconnu s'informa avec intérêt de l'état de la princesse (Sophie) et de celui de madame de Tolna, affectant de ne pas parler de Zoé. Dès que la suite parut, l'inconnu qui était resté près d'elles comme pour leur servir de défense en cas d'un nouveau danger, salua avec dignité et s'éloigna. Madame de Tolna et la jeune Sophie lui firent une inclination gracieuse en lui adressant encore des remercîmens aimables; il y répondit par un second salut, et s'enfonçant dans le taillis, il disparut. Madame de Tolna qui avait été excessivement effrayée par la crainte qu'il n'arrivât quelque chose aux princesses, ne pouvant plus soutenir la marche, demanda la voiture pour achever la promenade. Zoé ne dit mot pendant tout ce temps, mais son amour-propre blessé gonflait son petit cœur de dépit; enfin lorsqu'on fut monté en voiture, n'y pouvant plus tenir, elle dit avec ce ton qui décèle le ressentiment: « Je voudrais bien savoir qui est cet homme!... — Pourquoi, Madame, répondit madame de Tolna, est-ce pour le récompenser du service qu'il vous a rendu en arrêtant le chien enragé? Les manières de cet inconnu disent qu'il est au-dessus de toutes récompenses pécuniaires, et... — Et d'ailleurs, interrompit Zoé, comme ce n'est certainement pas pour moi qu'il s'est exposé au danger, je ne lui en ai nulle obligation. — Il se pourrait bien en effet que ce ne fût pas pour vous, mais comme vous avez profité de son généreux dévouement, je ne vois pas pourquoi vous vous croiriez dispensée de lui en avoir obligation. — Mais il a bien cherché à faire sentir qu'il n'avait eu en vue que Sophie. — Je vous arrête ici, Princesse, pour suivre votre propre pensée, vous croyez (et peut-être avec raison) que cet inconnu ne s'est exposé que pour votre sœur, et qu'il n'en eût pas fait autant pour vous : pourquoi donc cela, je vous prie? Il ne vous avait jamais vues ni l'une ni l'autre avant notre rencontre de ce matin; si la princesse Sophie lui a inspiré assez d'intérêt pour lui faire risquer sa vie pour sauver la sienne, à quoi cela a-t-il tenu? A rien, ou presque rien, me direz-vous, à un salut. Oui, sans doute. Cependant c'est particulièrement à l'air affable qui a accompagné cette action et l'a rendue obligeante, qu'il faut attribuer l'impression qu'elle a produite; mais, en résumé, quelle conclusion pouvons-nous tirer de tout cela, Princesse? Je crois qu'il ne peut y avoir de meilleure preuve de ce que je vous disais ce matin : « qu'il n'est pas du tout indifférent de mettre dans ses manières assez de bienveillance pour donner de soi une idée favorable, puisque, vous le dites vous-même, pour avoir manqué de politesse envers cet inconnu, vous risquiez qu'il ne fît pas pour vous l'action généreuse qu'il a faite pour votre soeur. Zoé ne répondit pas, car le raisonnement était sans réplique; mais elle conserva de l'humeur tout le tems que dura la promenade.

Sophie souffrait de voir sa soeur contrariée, et chercha tous les moyens possibles de la distraire, mais ce fut inutilement.

Zoé commençait à oublier ce petit événement, lorsque l'arrivée d'un prince étranger, oncle de la princesse sa mère, fut annoncée. Le prince devant venir le lendemain chez sa nièce, les jeunes princesses furent conduites chez leur mère pour être présentées à leur grand oncle, qu'elles n'avaient jamais vu. Que l'on se figure, s'il est possible, quels furent l'étonnement et la confusion de Zoé, au moment où le prince, revêtu d'un costume brillant, entouré de ses principaux officiers, entra dans le salon, et montra, à ses regards surpris !.... l'inconnu du parc !!!

Qui pourrait peindre l'embarras de la pauvre Zoé à cette vue !!! mais il devint plus pénible encore lorsque le prince, après les premiers complimens, se tournant vers Sophie, lui présenta un petit chien en émail portant dans sa gueule un bâton chargé de jolis bijoux, en lui disant : « Je désire, ma chère nièce, que ce petit joujou vous rappelle que je vous aimai dès le moment où je vous aperçus. — Comment, Prince, interrompit la princesse Célestine (qui savait fort bien toute l'histoire, mais voulait faire semblant de l'ignorer, puisque sa fille ne lui en avait pas parlé), comment vous aviez déjà vu mes enfans!!! — J'ai rencontré la jeune princesse dans le parc le jour même de mon arrivée. — Mais elles étaient deux? — J'ai effectivement vu deux jeunes personnes, mais je n'avais reconnu qu'une princesse!..... Je n'avais retrouvé vos traits, votre aimable sourire qu'en celle-ci; ils m'avaient révélé qu'elle était votre fille. — Alors, permettez-moi de vous présenter Zoé, sa sœur aînée. Il fallut bien que Zoé s'avançât pour saluer son oncle; elle était rouge de honte et de colère, et tenait ses yeux baissés. Le prince qui voulait la corriger, se baissa vers elle comme pour l'embrasser, et lui dit tout bas: « Aujourd'hui, ma chère, vous pouvez » me saluer sans crainte, j'ai mon » bel habit; regardez plutôt!...... » La malheureuse petite princesse aurait voulu être dans sa chambre pour se livrer à tout son ressentiment; mais il n'y avait pas moyen de quitter le cercle, il fallait rester et faire bonne contenance afin que toutes les personnes qui pouvaient voir ce qui se passait, mais non entendre, ne pussent deviner que ce qu'on lui disait ne lui était pas agréable; cependant le prince qui voulait donner une leçon utile à cette enfant, dont l'orgueil lui avait paru si révoltant, se rapprocha des personnes qui l'avaient accompagné, et demanda à l'une d'elles une petite boîte dont il l'avait chargée; on la lui remit et il l'offrit à Zoé, en lui disant : « Puisque j'ai deux nièces au lieu d'une, il est juste de partager entre elles ces souvenirs. Zoé reçut la boîte, qui s'ouvrit par un ressort aussitôt qu'elle l'eut touchée, et découvrit un paon superbe étalant sa queue brillante de pierreries, imitant parfaitement le plumage de l'orgueilleux oiseau. A côté de lui il y avait une blanche colombe; au bas était écrit en pointes de diamans : « Sa douce simplicité est bien préfé» rable à l'éclat qui te rend si vain. » Ce bijou était magnifique, et la devise n'offrait un sens piquant que pour les seules personnes qui connaissaient les circonstances de la rencontre du prince et de ses petites nièces. La princesse Célestine eut l'air de n'y pas faire attention, non plus qu'à tout ce qui avait précédé, se réservant d'interroger sa fille après le départ du prince.

La conversation s'établit entre la princesse Célestine et son oncle sur tout ce qui les intéressait, le temps s'écoula rapidement dans cette douce occupation; la princesse, aimante et sensible, s'informait de chacune des personnes de sa famille, ensuite de celles qu'elle avait affectionnées: les souvenirs de la patrie sont si chers!... si précieux quand on en est si éloigné!.... Ah! ce n'est que lorsqu'on a langui sous un ciel étranger que l'on peut comprendre le bonheur qu'on éprouve à retrouver, à cinq ou six cents lieues des siens, un parent, un ami, même un indifférent pourvu qu'il soit compatriote; en l'entretenant de ceux qu'on a connus ou aimés ensemble, des lieux qu'on a habités[1], de cette patrie commune que l'on ne peut cesser de chérir, bientôt il devient un frère.

La princesse éprouvait ce charme inconnu à ceux qui n'ont jamais quitté leur pays, et ne s'apercevait pas de la fuite des heures; mais le prince qui avait encore des visites à faire, prit congé en promettant à sa nièce de la revoir bientôt.

Dès que la princesse se trouva seule avec ses filles et madame de

Tolna, elle demanda comment elles avaient vu le prince et ce qui était arrivé dans cette rencontre. D'après tout ce qu'a dit votre oncle, ma chère Zoé, je soupçonne que vous devez avoir eu quelque tort dans cette circonstance, c'est donc de vous-même que je veux apprendre tous ces détails. Il fallut obéir, et Zoé, qui, malgré son orgueil n'avait pas la bassesse d'altérer la vérité, raconta avec confusion, mais sincérité, tout ce qui s'était passé. Sa mère l'écouta en silence; malgré ses fréquentes hésitations personne ne l'aida dans les endroits où elle semblait embarrassée, elle dût dire les choses telles qu'elles étaient; et comme elle avait de l'esprit et du jugement, elle fut obligée, par la droiture de son caractère, de s'accuser elle-même d'avoir manqué aux formes de politesse que l'usage impose en général à chacun dans la société, et dont le rang et l'éducation font une obligation particulière aux princes. Lorsqu'elle eut fini son récit, sa mère qui voyait combien il lui avait coûté, se contenta de lui dire : « Je n'ajouterai rien, ma chère enfant, aux reproches que doit vous faire votre conscience; d'ailleurs votre orgueil a dû être assez puni en reconnaissant dans celui à qui vous aviez témoigné du dédain, une personne à laquelle vous deviez du respect et des égards; mais je vous fais observer qu'il est cruel d'abuser des dons que Dieu vous a répartis, pour blesser ceux qui vous sont inférieurs en naissance et en fortune; si vous êtes plus favorisée qu'eux par la Providence, c'est à vous à leur faire bénir le choix qu'elle a fait de votre personne en vous montrant sensible à leurs maux; en leur donnant, par votre affabilité, l'espérance que vous êtes disposée à les soulager si cela est en votre pouvoir; en un mot, ma fille, la dureté, l'orgueil des personnes élevées par leur naissance, leur rang, ou leur fortune, produisent dans les malheureux le murmure et quelquefois la haine, qui peut devenir funeste à ceux qui l'inspirent; sans doute ces sentimens sont coupables, mais il faut éviter de les faire naître, et Dieu ne punira pas moins le grand, le riche orgueilleux et insensible, que le pauvre envieux et vindicatif qui aurait osé murmurer contre la volonté du Tout-Puissant, qui, selon les paroles du prophète, envoie quelquefois aux peuples, dans sa colère, des princes qui ne sont que les ministres de ses vengeances et la verge dont il se sert pour les châtier de leurs crimes : mais malheur à ceux que le ciel a chargés de cet anathême, et puisse sa bonté vous préserver d'être jamais de ce nombre!

La jeune princesse, pénétrée de la justesse des paroles de sa mère, les grava dans son cœur, et travailla avec courage à vaincre son orgueil; elle plaça le bijou que son oncle lui avait donné dans le lieu le plus apparent du salon d'étude où elles se tenaient le plus habituellement, le fit couvrir d'un globe de verre pour le préserver des accidens, et pria sa sœur et madame de Tolna de l'avertir de regarder de ce côté dès qu'elles s'apercevraient qu'elle manquerait d'égard ou de politesse envers quelqu'un; on le lui promit, et elle fit une telle attention aux avis qu'on lui donna, mit une telle suite dans les efforts qu'elle fit pour se corriger de ce vilain défaut, qu'elle y réussit, et devint aussi douce, aussi affable, qu'elle avait été haute et dédaigneuse; on l'aima autant que sa charmante sœur, et toutes deux bénirent la rencontre de l'oncle inconnu qui avait opéré une si heureuse révolution dans le caractère de l'impérieuse Zoé, qui, dès ce moment, cessa de l'être, et fit le bonheur de tous ceux qui s'intéressaient à elle. Elle eut le plaisir de s'entendre louer avec justice, parce qu'elle devint réellement bienfaisante et sensible; elle parut bien plus grande, bien plus noble depuis que l'orgueil ne la rapetissait plus aux yeux de tous, et plus elle paraissait oublier le rang élevé qu'elle occupait pour écouter avec bonté ceux qui s'adressaient à elle, plus on aimait à reconnaître sa condescendance et à exalter son affabilité.

« A présent, Princesse, ajouta madame d'Anhalt, comprenez-vous ce que c'est que l'affabilité? — Oui, à-peu-près; c'est de répondre gracieusement à ceux qui vous saluent ou s'adressent à vous; d'être douce, bonne, obligeante avec ceux qui vous demandent quelque chose. — Avec tout le monde, Princesse; avec vos femmes, avec vos maîtres, avec tout ce qui vous entoure, tout ce qui a quelque rapport avec vous; c'est le moyen d'être aimée, respectée et regardée comme un véritable présent du ciel, un ange sur la terre.» La jeune princesse promit de s'attacher à acquérir ces précieuses qualités, et sûrement tint parole, car on peut tout ce qu'on veut fortement, et elle avait trop d'esprit pour ne pas sentir qu'il est plus doux, plus honorable d'être aimée pour soi-même, que de n'être louée et recherchée que par la considération qu'inspire le rang, ou l'envie d'obtenir quelque bienfait. Elle en éprouva encore plus fortement le désir quelques jours après, en lisant avec sa gouvernante des traits particuliers de l'histoire de

Louis XV : on en rapportait un qui caractérisait d'une manière singulière l'amour excessif que l'extrême affabilité de ce prince avait inspiré aux Français ; il avait pour titre :

Trait d'amour d'un Enfant pour Louis-le-Bien-Aimé (1).

La fille d'un riche bourgeois de Paris avait été élevée, par ses parens, dans ce tendre respect que nos pères avaient pour leurs Rois, et qui, depuis tant de siècles, a fait le caractère distinctif de la nation française. Au moment où les jours de Louis XV furent menacés pendant la maladie dont ce Roi fut attaqué à Metz, au

(1) Historique.

milieu des plus grands succès, et lorsque, couvert des lauriers de Fontenoy, la mort leva sur sa tête auguste sa faux redoutable, la France se couvrit d'un deuil universel, les églises retentirent des vœux les plus ardens. L'enfant dont il est question vit verser des larmes amères à ses parens, et sans savoir combien la perte d'un bon Roi est fâcheuse pour son peuple, elle mêla ses pleurs à ceux des auteurs de ses jours. Enfin le ciel fut touché des vœux des Français : il leur rendit leur prince chéri.

Un courrier apporta la nouvelle que Louis était en parfaite convalescence. Plus d'une lieue avant qu'il arrivât dans la capitale, presque toute la population se porta au-devant de ce courrier, et, par un mouvement spontané, on lui offrit non-seulement des rafraîchissemens, mais des fleurs, de l'argent, des bijoux, et son entrée dans Paris avait l'air d'un triomphe. La petite fille avait été menée sur les boulevards par sa bonne, et voyant combien on fêtait le courrier qui dissipait les vives alarmes que la santé du Roi avait causées, elle s'échappe des mains de celle à qui elle était confiée, et, se mêlant dans la foule, approche presque sous les pas du cheval, et dit au courrier : « Tout le monde vous fait des présens pour vous remercier des bonnes nouvelles que vous apportez ; moi, je n'ai que des bonbons, je vous les donne. » A ce mot naïf et si flatteur pour celui qui en était l'objet, un chevalier de Saint-Louis qui se trouvait là, prit l'enfant dans ses bras, et la reporta à sa bonne en lui disant : « Je vous la rends ; mais assurez ses parens que le Roi saura quels sont les sentimens qu'ils inspirent à leurs enfans ; sentimens qui les honorent, comme leur sincérité prouve que le monarque les mérite. »

Quel prince ne voudrait être aimé ainsi ! Le secret pour inspirer cet amour est bien facile ; il consiste seulement à aimer ceux dont la destinée repose sur l'intérêt qu'on leur porte, à leur montrer par l'affabilité des manières le désir d'en être aimé et de les rendre heureux.

Après avoir lu ce trait, la jeune princesse fit plusieurs questions sur la France ; et comme on lui cita encore plusieurs autres exemples de l'amour des Français pour leurs princes, et aussi de l'amour paternel des Rois pour le peuple, elle témoigna un vif désir de connaître ce pays. « Apprenez donc à être bien affable, lui répondit sa gouvernante ; car c'est le peuple qui a la réputation d'être le plus poli de l'Europe, et celui qui met le plus de prix à la douce amabilité, aux grâces, à la sensibilité qui doivent distinguer une personne de votre sexe, et surtout de votre rang.

FÉLICITÉ,

OU

LA TENDRESSE FILIALE.

M. de Rosemont était brouillé avec le marquis de Saint-Théodore, son frère aîné, à cause de son mariage avec mademoiselle de Saint-Sevrin, qui ne lui avait apporté pour dot que des vertus. M. de Rosemont avait préféré l'angélique piété de cette jeune personne simple et modeste, aux brillans attraits d'une riche héritière que lui proposait le marquis, et que déjà, sans le consulter, il avait demandée en mariage pour lui.

Le marquis, furieux du refus que fit son frère de souscrire aux engagemens qu'il avait pris en son nom, épousa la demoiselle, et rompit toutes relations avec M. de Rosemont.

Bientôt la différence de leurs fortunes les lançant dans des sociétés qui n'avaient entre elles aucuns rapports, ils se perdirent entièrement de vue, et devinrent tout-à-fait étrangers l'un à l'autre.

M. de Rosemont, à l'époque de son mariage, vendit toutes ses terres, afin d'augmenter ses revenus, en plaçant ses capitaux d'une manière plus lucrative, et qui cependant paraissait sûre. Il vécut dans une union parfaite avec la compagne de son choix, en eut deux enfans qui ajoutèrent encore au bonheur dont ils jouissaient, et les plus tendres soins pour ces intéressantes créatures devinrent l'occupation constante des deux époux pendant les six premières années de cette union fortunée.

Mais comme un bonheur permanent n'est pas dans la destinée de l'homme, celui de M. de Rosemont fut troublé par la crainte de perdre la vue. Jeune encore, il lui semblait cruel d'être menacé d'une infirmité si affligeante; il eut recours aux plus savans oculistes; mais, malgré tous leurs soins, malgré les remèdes les plus douloureux, les plus chers, après des souffrances aiguës, il finit par devenir entièrement aveugle. Sa femme alors redoubla d'empressement et de tendresse ; elle se multipliait, pour ainsi dire, afin d'être sans cesse près de lui; elle trouvait le moyen de le distraire, de l'occuper même, de manière à ce qu'il ne pût connaître l'ennui. Ce n'était que pendant le sommeil de son mari que cette femme incomparable s'occupait de sa maison, donnait ses ordres et surveillait l'éducation de ses enfans : la première partie de ce travail se faisait le soir, après le coucher de M. de Rosemont ; la seconde, le matin, depuis six heures jusqu'à dix, qu'il se levait pour déjeûner.

Deux années se passèrent ainsi ; pendant lesquelles, si M. de Rosemont n'eût pas été privé du plaisir de contempler les traits de ses enfans !

chéris, il eût pu oublier qu'il était aveugle, tant madame de Rosemont avait su réussir à lui créer pour ainsi dire une existence qui ne lui laissait pas le temps de s'apercevoir de ce qui lui manquait. Mais de nouveaux malheurs vinrent ajouter aux peines de madame de Rosemont, sans rien changer au sort de son mari, à qui elle les cacha soigneusement.

Le feu prit à un hôtel magnifique que M. de Rosemont avait acheté, et dont le loyer (très considérable) faisait une partie de leurs revenus; malgré les prompts secours qui furent portés à l'incendie, l'hôtel fut entièrement consumé; et bientôt après, comme si Dieu eût voulu éprouver cette famille, et développer dans les enfans toutes les vertus que l'exemple de leur mère devait faire naître, le banquier chez lequel M. de Rosemont avait placé la seconde partie de sa fortune, fit des pertes énormes, fut ruiné, et entraîna dans sa chute le reste de ce que possédait M. de Rosemont.

Qui croirait qu'en ce moment l'infirmité de son mari causa un mouvement de joie à madame de Rosemont? « Ah! du moins, se dit-elle, il pourra ignorer notre position; il n'en souffrira pas; il ne s'apercevra de rien: je renverrai tous les domestiques, à l'exception de son valet-de-chambre qui seul le sert; je vendrai tout le mobilier, excepté ce qui est à son usage; mes bijoux, dentelles, etc.; et avec cela il aura toujours les choses qu'il préfère, il ne manquera de rien;

on pourra lui faire, sans qu'il s'en doute, un dîner délicat pour lui seul; avec de l'économie et un travail assidu, je parviendrai à lui conserver toutes ses habitudes, et il sera toujours aussi riche, malgré nos pertes.» Ce fut ainsi qu'au sein de l'infortune, cette femme vertueuse sut trouver des consolations, et même des motifs de reconnaissance envers Dieu!

Félicité, sa fille aînée, qui avait alors dix ans, était déjà en état d'entendre sa mère, de partager ses soins pour M. de Rosemont, et d'entrer dans toutes ses vues pour le bonheur de cet être chéri; sa raison était fort avancée pour son âge; son bon cœur, son admiration pour sa mère, sa tendresse pour ses parens, en firent, à dix ans, une jeune personne accomplie. Madame de Rosemont jouissait de voir sa fille aussi parfaite, et sa gratitude pour ce bienfait de la Providence était d'autant plus vive, qu'elle sentait chaque jour ses forces décliner, et que tout lui faisait pressentir une fin prochaine. En effet, les peines successives qu'elle avait éprouvées, et les efforts qu'elle avait été obligée de faire pour en dérober la connaissance à son mari, un travail auquel elle consacrait une partie des nuits, et les privations qu'elle s'imposait pour fournir à M. de Rosemont le superflu auquel il était accoutumé, avaient miné sa santé et consumé sa vie: elle en voyait approcher le terme avec effroi à cause de son mari et de ses enfans; mais la raison et l'intelligence de Félicité lui donnaient l'espérance qu'elle serait la consolation de son père et le soutien de sa famille; elle parlait souvent à sa fille du moment où elle resterait seule à M. de Rosemont; et Félicité, effrayée, serrait sa mère entre ses bras, comme si elle eût pu, en la couvrant de son corps, la préserver du coup qui la menaçait.

M. de Rosemont ne se doutait nullement de l'état de sa femme, et était bien loin de prévoir le malheur qui allait le frapper. Hélas! personne ne le croyait si prochain! Madame de Rosemont elle-même, en embrassant tendrement ses filles au moment de se coucher, ne s'imaginait pas que ce baiser fût le dernier qu'elle donnerait à ses aimables enfans. Quoiqu'elle fût extrêmement faible, comme elle avait de la fièvre, elle se soutenait toujours; mais, pendant la nuit, il lui prit une défaillance qui fut suivie de plusieurs autres, et vers le matin elle expira entre les bras de la seule femme qu'elle eût gardée, et à qui elle avait défendu d'appeler personne, afin qu'on pût cacher à M. de Rosemont l'état où elle se trouvait, au moins pendant quelque temps; ce qu'on n'eût pu faire si les cris de ses enfans l'eussent averti de son danger.

A peine cette vertueuse femme eût-elle exhalé son dernier soupir, que la bonne Christine entra doucement chez les enfans, et déposa sur leurs fronts le baiser que leur mère n'avait pu leur donner, et les bénédictions que du haut du ciel cet ange se plaisait sans doute à renouveler, et dont elle l'avait rendue dépositaire : une larme qui s'échappa des yeux de la respectable Christine en remplissant le dernier vœu de sa maîtresse, éveilla Félicité; en voyant sa bonne en cet état, elle pressentit que sa mère était en danger, et se jeta à bas de son lit pour voler à elle.

« Silence, lui dit Christine en la retenant, votre père pourrait vous entendre et s'effrayer. Calmez-vous et écoutez-moi : c'est la volonté de votre mère. Rassemblez votre courage, mon enfant; surtout renfermez votre douleur : point de cris; ils seraient inutiles, et plongeraient votre père infortuné dans un désespoir qui serait l'arrêt de sa mort. Pleurez, ma chère Félicité, mais imitez votre mère, pleurez en silence. C'est à votre tendresse qu'elle a légué votre père. — Ciel ! s'écria la malheureuse enfant en tombant à genoux, que dites-vous ? — Que c'est du ciel d'où votre mère vous regarde, que vous devez attendre la force et le courage qui vous sont nécessaires pour remplir la tâche honorable, mais difficile, dont elle vous a chargée ; accablée de souffrances, cet ange ne s'est pas senti assez de forces pour supporter la douleur de celui qu'elle chérissait plus que la vie ; elle lui a caché sa maladie, son dépérissement, il faut lui cacher le trop juste sujet de vos larmes ; pour cela, il ne faut en répandre que lorsque nous serons seules. — O mon Dieu ! ayez pitié de moi, dit tout bas Félicité, en élevant vers le ciel ses mains suppliantes; faites que je puisse exécuter tout ce que ma mère a ordonné; donnez-moi le pouvoir de commander à mon affliction!..... Ma mère, ma tendre mère, ayez pitié de votre enfant! » Un déluge de larmes vint soulager la pauvre Félicité, et l'empêcher d'être suffoquée par la douleur.

Christine la laissa pendant quelque temps s'y livrer en liberté; puis elle la rappela doucement à l'idée qu'elle devait chercher à s'en rendre maîtresse, afin de pouvoir préparer peu à peu M. de Rosemont au terrible malheur dont il n'avait pas la plus petite idée.

Célestine proposa à Félicité d'envoyer sa jeune sœur, la petite Fédora, chez madame la marquise de Rivière, amie de la maison, en l'instruisant de la perte que l'on venait de faire, et de dire à M. de Rosemont que sa femme était allée chez cette même dame avec Fédora. Pendant ce temps Félicité remplacerait, près de son père, celle qui ne devait plus s'y trouver que dans l'éternité; on prolongerait ensuite l'idée de son absence en supposant que madame de Rivière l'aurait emmenée à la campagne. M. de Rosemont pendant ce temps s'accoutumerait insensiblement aux soins de sa fille; et en supposant ensuite une maladie, on parviendrait à pouvoir lui apprendre, avec moins de danger, ce qu'on ne pouvait pas lui cacher toujours: tel fut le plan que Christine avait imaginé et qui fut suivi sans objections et sans difficultés, car les visites d'amis n'étaient ni nombreuses, ni indiscrètes dans la position où se trouvaient M. et Mme. de Rosemont. Un seul ami *véritable* restait à cette famille., il composait avec madame de Rivière leur société intime. Félicité écrivit à cette dame; mais sa lettre, baignée de larmes, était presque illisible. Christine y suppléa en conduisant elle-même Fédora chez cette digne amie de ses maîtres. La marquise approuva tout, se chargea d'avertir M. de Saint-Félix, l'ami que l'infortune de M. de Rosemont n'avait point éloigné de lui, afin de faire remplir les formalités et de concerter ensemble tout ce qu'il conviendrait de faire.

Félicité se rendit près de son père,

lui dit ce dont on était convenu, lui fit les lectures que sa mère avait coutume de lui faire, ensuite écrivit sous sa dictée, enfin remplit si parfaitement tous les soins, tous les petits détails observés par madame de Rosemont que cet heureux père arriva à la fin de la journée, content et satisfait. Félicité ne le quitta que lorsqu'elle l'eut remis, pour le coucher, aux soins de son valet-de-chambre, vieux et fidèle serviteur, qui avait regardé comme une grâce d'être conservé près de son maître.

En sortant de la chambre de son père, Félicité courut auprès du lit funèbre, s'agenouilla devant les restes de sa respectable mère, et donna un libre cours aux sentimens qu'elle avait su contenir (malgré leur violence) pendant toute cette pénible journée. Bientôt elle reçut le prix des efforts qu'elle avait faits pour surmonter sa douleur, en sentant au-dedans d'elle-même une voix qui semblait lui dire que sa mère était contente et la remerciait de la remplacer près de celui qu'elle avait tant aimé!.... Un sentiment doux en se mêlant à son affliction, la rendit plus supportable, et lui inspira le courage de se résigner à la volonté de Dieu, et de s'en remettre à lui pour son avenir.

Elle passa toute la nuit en prières dans la chambre de sa mère, avec la bonne Christine et l'ecclésiastique qui devait y veiller; ils admirèrent le courage et la piété de cette enfant. Vers le matin on exigea qu'elle se retirât pour prendre un peu de repos;

elle obéit et demanda seulement de baiser, pour la dernière fois, la main qui si souvent l'avait bénie, mais en y posant ses lèvres le froid de la mort passa jusqu'à son cœur, et elle s'évanouit.

On profita de ce moment pour la porter dans sa chambre, et rendre les derniers devoirs à Madame de Rosemont. M. de Saint-Félix, qui s'en était chargé, revint ensuite passer le reste de la journée avee M. de Rosemont, pour alléger la tâche de la triste Félicité; le soir elle se trouva moins consolée parce qu'elle avait moins fait d'efforts sur elle-même; la présence d'un tiers,en soulageant son cœur, avait augmenté sa faiblesse, elle avait moins de courage que la veille; elle le sentit, se le reprocha, se promit d'être plus ferme le lendemain, et tint parole; son père, enchanté d'elle, lui dicta une lettre qui fut, à-la-fois, pour la pauvre Félicité, un tourment et un bonheur. Croyant sa femme à la campagne, il lui écrivait ainsi:

« Depuis long-temps, ma chère » Adélaïde, je suis sûr, quoique » tu ne te plaignes jamais, que ta » santé n'est pas bonne; je te prie » donc de rester encore quelques » jours à la campagne. Notre chère » Félicité est un autre toi-même; » elle te remplacerait parfaitement, » s'il était possible que quelqu'un au » monde me tînt lieu de toi; il est » vrai que ce n'est point une autre, » mais une portion de toi-même; c'est » non-seulement ton sang qui coule

» dans ses veines, mais c'est aussi ton
» âme qui l'anime; en la formant, tu
» l'as modelée sur la tienne: ce sont les
» mêmes sentimens, les mêmes pen-
» sées, les mêmes soins pour moi,
» la même prévoyance; tranquillise-
» toi donc, ma chère amie, je ne suis
» pas entièrement séparé de toi; il
» n'y a pas même jusqu'à sa voix qui
» ne soit une douce illusion; si elle
» ne m'appelait son père, je croirais
» être avec mon Adélaïde.

» Tu vois, chère amie, que tu peux
» rester sans scrupule auprès de ma-
» dame de Rivière, puisque ton
» Charles, loin de souffrir de ton ab-
» sence, s'en réjouit, dans l'espérance
» que ta santé se rétablira par le bon
» air, etc. »

Pendant que Félicité écrivait cette

lettre, tout ensemble déchirante et douce pour son cœur, des larmes silencieuses coulaient lentement sur ses joues; elle éprouvait un sentiment de gratitude pour la bonté divine qui avait béni ses efforts et les avait rendus agréables à son père; elle espérait que sa mère entendait le témoignage que M. de Rosemont lui rendait, et qu'elle en était satisfaite.

Mais ce n'était pas tout encore que de soigner son père, il fallait travailler pour fournir à ses besoins; sans cela le petit trésor amassé par madame de Rosemont serait bientôt épuisé; la courageuse Félicité y pensa, et, à l'exemple de sa mère, elle consacra une partie du temps destiné au sommeil, à remplir ce devoir chéri; elle avait acquis de cette femme angélique un talent supérieur pour la broderie et le dessin. Depuis la perte de sa fortune, madame de Rosemont n'avait pas hésité à s'en faire une ressource, et, aidée de sa fille, elle avait fait des ouvrages charmans que la bonne Christine allait porter chez des marchands, qui ne les payaient certainement pas ce qu'ils valaient, mais enfin les achetaient; c'était tout ce que désirait madame de Rosemont.

Félicité se mit donc à l'ouvrage, et eut le bonheur d'achever assez promptement un sultan de la plus grande beauté; il se trouva qu'au moment où Christine vint l'offrir au marchand, il y avait dans sa boutique une jeune personne avec sa gouvernante qui en demandait un;

il n'y en avait pas de prêt ; la réponse de cet homme engagea Christine à montrer le sien, qui fut admiré avec raison, acheté, et payé bien au-delà du prix que le marchand en eût donné ; mais comme il fut chargé de le faire monter, garnir, parfumer, etc., il ne témoigna pas d'humeur. Christine revint enchantée, et Félicité se remit à un nouvel ouvrage. Le temps s'écoulait ; M. de Rosemont entièrement habitué à sa fille, familiarisé avec l'idée qu'il pouvait se passer de sa femme, fut amené peu à peu et avec des précautions infinies, à la connaissance de la vérité : en apprenant la conduite de Félicité, le courage avec lequel elle avait renfermé, surmonté sa douleur, pour lui cacher sa perte et la lui rendre moins sensible, il éprouva pour cette noble enfant une admiration qui augmenta encore la tendresse qu'il lui portait; il voulut à son tour la récompenser de ses soins, en ne se laissant pas abattre par le regret d'avoir perdu l'épouse si justement chérie, qui faisait le charme de son existence; il résista au chagrin qu'il ressentit en lui opposant toute l'énergie de son âme, et en se disant, comme Félicité, que tel devait être le voeu de celle qui les avait précédés dans le séjour de l'éternel bonheur. Il ignorait toujours la perte de sa fortune (on lui avait dit que M. de St.-Félix s'occuperait de tous les détails de ses affaires); et grâce à l'activité de sa fille, il conservait toujours toutes les petites jouissances dont il avait l'habitude. Un remise qu'il croyait être sa voiture, venait le prendre toutes les fois qu'il voulait se promener; sa table était servie avec recherche; une société choisie se rassemblait à jour fixe pendant quelques heures. Le reste de la semaine, M. de St.-Félix et Madame de Rivière secondaient Félicité dans les distractions qu'elle inventait pour chasser les pensées tristes; en un mot, dédommagé en quelque sorte de la perte d'une épouse parfaite, par les tendres soins d'une fille accomplie, la reconnaissance qu'il éprouvait de ce don ne lui laissait pas la possibilité de murmurer pour ce qui lui avait été enlevé. Deux années se passèrent de la sorte. Félicité avait repris près d'elle sa sœur Fédora, et lui avait prodigué les soins de la plus tendre mère; malgré l'activité qu'elle mettait à son travail, et le temps qu'elle employait près de son père, elle trouvait encore le moyen de lui donner des leçons, et comme elle avait bien profité de l'éducation qu'elle avait reçue, celle qu'elle donna à sa soeur fut parfaite; elle poussa la musique à un grand point de perfection, qui ne lui fit pourtant pas négliger les études plus nécessaires. Fédora, avec un bon naturel et la respectueuse admiration que lui inspiraient les vertus de sa soeur, ne pouvait pas être un sujet médiocre, aussi ne le fut-elle pas. La broderie et le dessin l'occupaient aussi; et pendant que Félicité lisait à son père, Fédora, tout en écoutant la lecture, s'appliquait aux petits ouvrages qui devaient fournir à leur subsistance. Dieu qui voit tout et ne laisse pas une bonne action sans récompense, voulut que ce fût de cette touchante application que ces aimables filles mettaient à fournir par leur travail aux besoins de leur père, que sortît leur bonheur.

La jeune personne qui, deux années avant, avait acheté le premier ouvrage de Félicité, avait souvent demandé de petits objets du même genre; mais comme Christine ne se faisait pas connaître, et allait tantôt chez un marchand, tantôt chez un autre, on n'avait jamais pu la satisfaire. Il arriva qu'un jour elle rencontra Christine dans la rue; elle fit arrêter, et la désignant à son domestique, elle lui dit de la prier bien poliment de venir lui parler. Cette femme, étonnée en reconnaissant l'ancienne livrée de son maître, sent battre son cœur, et se laisse conduire à la voiture. « Vous ne vous souvenez peut-être pas de m'avoir vue, ma chère, lui dit la jeune dame; mais moi je ne crois pas me tromper, c'est vous qui m'avez vendu, il y a deux ans, le plus joli sultan du monde chez Dulac : vous le rappelez-vous? — Oui, Mademoiselle; maintenant je vous remets. — Eh bien, depuis ce temps, j'ai demandé vingt fois de vos ouvrages, je n'en ai pas pu avoir, et personne n'a pu me faire rien d'aussi joli. Aujourd'hui, puisqu'enfin je vous ai retrouvée, je voudrais non-seulement que vous me fissiez quelque chose de très-beau à votre goût, mais je voudrais encore que vous pussiez me montrer à travailler de cette manière. — Mademoiselle, je puis bien vous fournir un ouvrage aussi beau que vous pourrez le désirer; mais vous montrer à le faire, cela ne m'est pas possible. — Eh! pourquoi donc? cela ne peut vous faire aucun tort; je ne vous en achèterai pas moins tout ce que vous pourrez me faire. — Je le crois, Mademoiselle: la fille de M. le marquis de Saint-Théodore doit être assez généreuse et assez fortunée pour cela. — D'où me connaissez-vous donc? — J'ai reconnu votre livrée, qui est aussi celle de mon maître. Ne savez-vous pas, Mademoiselle, que vous avez un oncle? — Non, en vérité, je n'en sais rien. — En ce cas, Mademoiselle, ce n'est pas à moi à vous en instruire; permettez que je prenne vos ordres et continue ma route. — Non, non, pas ainsi, je vous prie; vous avez excité ma curiosité, mon intérêt. Madame, ajouta la jeune personne en se retournant vers sa gouvernante, permettra que vous montiez ici pour m'expliquer ce que vous avez voulu me dire. — Non, Mademoiselle, je n'en ferai rien : c'est à M. le Marquis à vous apprendre sur sa famille ce qu'il lui conviendra que vous en sachiez; moi, je dois me taire. — Eh bien, je ne vous presse pas davantage sur ce sujet. Avant ce soir, j'espère bien avoir la clef de cette énigme; mais toujours il faut que vous veniez m'apprendre à faire ces jolis ouvrages où vous réussissez si bien. — Je vous l'ai dit, Mademoiselle, cela n'est pas possible. — Pourquoi donc ? — Puisqu'il faut vous le dire, ce n'est pas moi qui les fais, ce sont deux jeunes personnes charmantes. — Tant mieux, raison de plus pour faire connaissance ; amenez-les moi, ma chère, je vous en conjure. — Cela ne se peut pas, Mademoiselle. D'abord elles ne veulent pas être connues ; je suis la seule personne qui sache que c'est à leur travail que leur père doit son existence ; puis, ce père respectable est aveugle, et elles ne le quittent jamais. — Mais au moins l'une d'elles... — Vous avez oublié que je suis seule dans la confidence de l'emploi de leur travail, et qu'elles ne veulent pas se faire connaître. — Mon Dieu, comment donc faire? je voudrais pourtant bien apprendre... et si je pouvais leur être utile.... J'irai chez elles. — Sous quel prétexte? Elles vivent fort retirées, et ne reçoivent que des amis. — Eh bien, indiquez-moi quelques-uns de leurs amis, je pourrai peut-être m'y faire conduire par eux. — Cela pourrait bien être; mais alors il faudrait qu'ils fussent prévenus que vous désirez faire connaissance avec cette famille, et surtout ne pas parler d'ouvrage. Mais, avant tout, Mademoiselle, il faut l'agrément de vos parens; si vous l'obtenez, faites-le moi savoir chez M. Dulac, j'y serai à midi: alors je vous donnerai l'adresse d'une amie intime de ces demoiselles; si elle consent à vous y présenter, vous pouvez être sûre d'être bien reçue. — Fort bien, j'y consens;

à demain donc. — Oui, Mademoiselle, à demain, répéta Christine, en voyant la voiture s'éloigner, et puisse le ciel, touché des vertus de nos deux anges, inspirer à votre père des sentimens conformes à mes souhaits ! »

En quittant mademoiselle de Saint-Théodore, Christine alla trouver la marquise de Rivière, à qui elle conta ce qui venait d'avoir lieu. « Eh bien, lui répondit cette dame, après l'avoir entendue, que prétendez-vous en menant cette jeune personne chez ses cousines? Voulez-vous donc fournir un aliment à la malignité du père et à la vanité de sa fille? — Non, en vérité, Madame, ce n'est pas là mon intention, reprit cette bonne fille sans se déconcerter; mais je vois que vous ne savez pas ce qui regarde le Marquis. Si vous le permettez, je vais vous le dire, car M. de Rosemont ne vous en parlerait jamais; il ne veut ni qu'on rappelle les torts de son frère, ni faire connaître ce qu'il a fait pour lui.

» Vous n'ignorez pas, Madame, que M. le Marquis avait épousé la riche héritière qu'il destinait à son frère; mais ce que vous ne savez pas, c'est qu'elle l'a rendu le plus malheureux des hommes, et l'a ruiné; heureusement qu'elle est morte, sans avoir eu d'enfant, la seconde année de son mariage. A cette époque, M. de Rosemont était riche: sachant que le Marquis était dans le plus grand embarras, il lui envoya une somme assez forte pour l'aider à s'en tirer; mais pour ne pas humilier son frère, chez qui il s'était présenté plusieurs fois, et qui avait toujours refusé de le voir, il eut recours à un nom étranger pour lui faire accepter ce service. Maintenant, Madame, voici ce que je voudrais essayer : ce serait de donner à M. de Rosemont le nom dont il s'est servi pour secourir son frère; si le Marquis a quelques sentimens d'honneur et de délicatesse, il cherchera à savoir, en entendant ce nom, si c'est la même personne qui l'a préservé de sa ruine, ou même quelqu'un de cette famille. Il est fort riche aujourd'hui, par le second mariage qu'il a contracté avec une femme dont on dit beaucoup de bien; sa fille paraît sensible : si elle l'est en effet, elle ne pourra voir ses cousines sans admirer leurs vertus, leurs talens; elle en parlera à ses parens qui voudront les connaître, et cela doit amener une réconciliation qui les rétablirait dans un état plus convenable. — Vous avez bien raison, dit madame de Rivière; j'ignorais tous ces détails, ma chère Christine. — Je m'en suis douté dès que vous avez paru ne pas saisir l'idée que j'avais eue en excitant la curiosité de mademoiselle Saint-Théodore. D'ailleurs, M. et Madame de Rosemont ne se plaignaient jamais des mauvais procédés du Marquis; cependant il leur a fait perdre l'héritage du comte de Marcé, en peignant la vertueuse madame de Rosemont sous de fausses couleurs. J'ai su tout cela parce qu'ils causaient devant moi avec confiance, bien sûrs que je n'étais pas capable de répéter ce qu'ils se disaient. Si je vous en ai parlé en ce moment, Madame, c'est parce qu'il était nécessaire que vous fussiez instruite de tous ces détails, afin que vous pussiez me guider dans le dessein que mon attachement pour mes jeunes maîtresses m'a fait concevoir. Demain nous saurons si M. le Marquis est toujours aussi mal pour son frère; car sa fille, d'après ce que je lui ai dit, va le questionner. S'il persiste à n'en pas vouloir entendre parler, il lui défendra de me revoir; si, au contraire, il lui permet de m'entretenir de nouveau et d'aller chez les jeunes personnes qu'elle a envie de connaître, c'est que son ressentiment est éteint. — Il est impossible de raisonner plus juste, ma bonne Christine; mais que dois-je faire pour contribuer à la réussite de votre projet? — Madame, si vous le trouvez bon, je donnerais votre nom à mademoiselle Saint-Théodore; elle viendrait vous voir, vous prier de la conduire chez mesdemoiselles de Saint-Cernin (c'est le nom dont M. de Rosemont s'est servi pour obliger son frère); vous auriez la bonté de la mener chez son oncle, sans la nommer, comme une jeune personne de votre connaissance seulement: Dieu conduira le reste. Quand le Marquis saura par sa fille qu'un M. de Saint-Cernin est dans la détresse; qu'il sera disposé en faveur de ses nièces, sans les connaître, par l'éloge que sa fille ne peut manquer de lui en faire, et qu'il viendra auprès de ce M. de Saint-Cernin pour s'acquitter envers lui, il est impossible qu'en trouvant son frère il n'entende pas la voix de la nature et celle de l'honneur. Quelque chose me dit que ce n'est pas le hasard qui m'a conduite ainsi auprès de mademoiselle Saint-Théodore, et que Dieu veut récompenser les vertus de mademoiselle Félicité comme elles le méritent. — Je vous admire, ma chère Christine, et ne demande pas mieux que d'entrer dans vos vues. Je sens, en ce moment plus que jamais, combien madame de Rosemont avait raison de vous accorder toute son estime et toute sa confiance, et combien vous en étiez digne. — Ah ! Madame, je l'avais vue naître, je l'aimais comme mon propre enfant; c'était là tous mes titres auprès de cet ange. Ses enfans ont hérité de ses vertus, de son cœur; c'est mon attachement qui m'a inspiré de tenter ce moyen pour opérer une réconciliation qui leur serait avantageuse. — Je désire de toute mon âme, reprit la Marquise, que cela réussisse, et je vous avoue que cela est très probable, et que je vous envierai d'avoir eu ce bonheur. — Ah! Madame, vous n'avez rien à m'envier; il y a long-temps que vous m'avez rendue complice de vos généreuses fraudes, et les services multipliés que vous avez su déguiser si ingénieusement ne peuvent vous laisser rien à désirer. — Ne croyez pas cela. S'il ne s'agissait de leur bonheur, je ne vous pardonnerais point de leur avoir rendu un service qui va me priver du plaisir de leur être utile.—Il est vrai, Madame, que je serai bien contente si je réussis, mais vous le serez certainement trop aussi pour m'en vouloir; je connais assez l'attachement que vous portez à M. de Rosemont et ses aimables filles pour rien craindre à ce sujet.— Vous me rendez justice, et j'attendrai avec autant d'impatience que vous-même l'heure que vous avez fixée à la fille du Marquis. Je vous recommande, ma chère Christine, de venir aussitôt que vous aurez vu la jeune Saint-Théodore. — Oui, Madame, à moins qu'elle ne vienne chez vous elle-même.... — Je comprends : dans ce cas, je sais ce qu'il faut faire.» Christine se retira en priant Dieu intérieurement de bénir ses desseins.

La jeune Saint-Théodore, en rentrant chez ses parens, raconta à sa mère tout ce qu'avait dit Christine. La marquise n'y comprit rien, elle ignorait que son mari eût un frère; sa pensée se porta seulement sur les jeunes personnes dont on avait parlé à sa fille, comme faisant les jolis ouvrages qu'elle désirait apprendre; elle craignit qu'elles ne fussent pas ce qu'on voulait les faire croire; elle avait pour maxime de se défier du mystère, mais en même temps elle était trop véritablement sensible et bienfaisante pour condamner ce qu'elle ne connaissait pas. Elle résolut donc de laisser sa fille suivre l'impulsion de son cœur, mais de l'accompagner pour la préserver des inconvéniens qui pourraient se présenter. Alexandrine, au comble du bonheur par la résolution de sa mère, l'embrassa mille fois pour l'en remercier; mais cela ne l'empêcha pas, dès que son père parut, de lui demander si elle n'avait pas un oncle.... A cette question, le Marquis un peu déconcerté, au lieu de répondre, voulut savoir pourquoi sa fille lui faisait cette demande : « Le voici, mon cher papa, reprit Alexandrine, sans se déconcerter : ce matin je demandais à une femme un ouvrage de broderie, et je lui dis que je le lui paierais bien ; elle me répondit qu'elle en était persuadée ; que la fille du marquis de Saint-Théodore devait être assez riche pour cela. Étonnée de m'entendre nommer, je lui demandai comment elle me connaissait. — Par votre livrée, me répondit-elle, qui est aussi celle de mon maître: ne savez-vous pas que vous avez un oncle? — Non, lui répondis-je. — En ce cas, je dois me taire: c'est à M. le Marquis à vous parler de votre famille, et je n'ai pu obtenir d'elle un mot de plus.... — C'est une femme prudente, répondit le Marquis, et vous, ma fille, vous commettiez une indiscrétion en voulant savoir ce que j'aurais pu vouloir vous cacher; cependant je n'ai point de raison pour nier que j'aye un frère; il s'est marié contre mon gré, j'ai cessé de le voir, mais je n'ai jamais eu d'autres sujets de mécontentement de lui. j'ignore ce qu'il est devenu. » La conversation en resta là, tant qu'Alexandra fut dans le salon. La Marquise avait remarqué sur la physionomie de son mari une certaine gêne qui lui fit soupçonner qu'il pourrait bien avoir quelque tort envers ce frère dont il ne parlait pas ; dès qu'ils furent seuls elle l'interrogea avec ces ménagemens qu'une femme sensible et délicate sait si bien employer ; elle amena le Marquis à lui avouer que son ressentiment contre son frère s'était augmenté par le malheur qu'il avait eu d'épouser mademoiselle H...., à son refus ; que tous les désagrémens de cette union l'avaient tellement aigri contre lui, qu'il n'avait plus voulu le revoir. « Cependant, ajouta-t-il, je ne puis disconvenir que mon frère n'ait eu raison de ne pas vouloir d'une femme qui aurait fait son tourment comme elle a fait le mien. C'est moi qui ai eu tort d'en faire la demande avant de m'être assuré de ses dispositions. — Mais alors, mon cher, reprit madame Saint-Théodore, pourquoi ne pas voir votre frère? Les liens de famille sont si doux, pourquoi les négliger? — S'il faut vous l'avouer, Madame, c'est par l'embarras de les renouer : mon frère n'a pu ignorer la mauvaise conduite de celle que je lui avais destinée; il a dû en triompher, car dans le temps où j'étais le plus malheureux il est venu plusieurs fois à l'hôtel, mais ne voulant pas qu'il jouît de ma peine, j'ai refusé de le recevoir. Depuis je me le suis reproché, mais il a cessé ses visites, et.... je ne pouvais aller le chercher. — Eh! pourquoi pas, je vous prie? entre frères doit-il y avoir une telle morgue?... Il vous eût reçu avec plaisir; en vous embrassant, tout sujet de mécontentement eût été oublié. — Il se peut, mais je n'ai pas eu la force de le tenter. — Eh bien, je m'en charge moi, j'irai le trouver, je vous l'amènerai, et nous vivrons en famille; je me promets un grand plaisir de cette réunion; je n'ai que des parens éloignés; je ne vous en connaissais pas de proches, c'était mon seul regret. A-t-il des enfans? Sa femme est-elle d'une bonne famille? —Je crois que oui. Quant aux enfans, comme ils n'avaient pas beaucoup de fortune, ils doivent en avoir une pépinière. — Mauvaise conséquence; mais enfin c'est une raison de plus pour que ce soit à nous de les aller chercher. — Excellente femme! reprit le Marquis; mais où les trouverez-vous? je ne sais ce qu'ils sont devenus; il y a un siècle que je n'en ai entendu parler, ce qui me fait croire qu'ils ne vont plus dans le monde. — N'importe, je m'en informerai. » Ce fut dans ces dispositions que la Marquise accompagna sa fille chez le marchand où elle devait trouver Christine et l'instruire de l'approbation de ses parens pour la visite qu'elle désirait faire à ses cousines inconnues; elles y arrivèrent un moment avant cette bonne fille, qui en voyant Alexandrine accompagnée d'une dame qu'elle jugea être sa mère, parut tout-à-fait déconcertée, car elle craignit un refus.

La Marquise n'en augura rien de bon ; cependant ne voulant pas précipiter son jugement, elle demande à Christine quelle était la personne chez qui sa fille devait se rendre pour faire connaissance avec ses jeunes amies. « Mes amies !..... non Madame, ces jeunes personnes sont infiniment au-dessus de moi, je suis trop heureuse qu'elles veuillent bien m'honorer de leur confiance. Si vous voulez vous donner la peine de passer chez madame la marquise de Rivière, elle se fera sans doute un plaisir de vous conduire chez

M. de Saint-Cernin dont vous désirez connaître les filles. » Au nom bien connu de madame de Rivière, la Marquise ne conserva plus de doutes, elle se leva en remerciant Christine, pour conduire sa fille chez cette dame; mais tout-à-coup elle se rappelle que la personne qui lui parle doit connaître le frère du Marquis, et ne voulant pas perdre cette occasion de s'informer de lui, elle revient vers Christine en lui disant : « Hier, Madame, vous avez appris à ma fille l'existence de son oncle, et c'est une obligation que nous vous avons toutes deux. Mon mari aurait le plus grand plaisir à revoir son frère, mais nous ignorons son adresse, ne pourriez-vous pas me l'indiquer. » A ces mots la bonne Christine pensa s'évanouir !.... sa joie ne s'exprima que par ses larmes : « Que Dieu vous bénisse, dit-elle enfin, pour le bonheur que cette nouvelle causera à mon maître; cependant, Madame, dit l'excellente femme en se reprenant, comme M. de Rosemont est d'une santé faible, il faut que je le prépare peu à peu afin que ce plaisir ne lui soit pas funeste ; je vous demande deux ou trois jours : au bout de ce temps, j'irai à votre hôtel, Madame, et vous porterai son adresse. — Eh bien ! soit: je vous remercie de vos soins pour mon beau-frère, et vous attends d'ici à trois jours, n'est-ce pas ? — Oui, Madame, j'aurai cet honneur. — Maintenant nous allons chez madame de Rivière, car je partage l'impatience qu'éprouve ma fille de connaître les demoiselles de Saint-

Cernin. » Madame de Rivière attendait la jeune Saint-Théodore; elle fut un peu surprise en la voyant accompagnée de sa mère, mais elle se remit bientôt, après les premiers complimens, en entendant la Marquise lui demander d'être présentée à M. de Saint-Cernin. « Présentée, non, répondit madame de Rivière, mon ami est aveugle et redoute les nouvelles connaissances. Permettez que je ne vous nomme pas : les demoiselles de Saint-Cernin à qui je présenterai mademoiselle comme une jeune personne avec qui je désire qu'elles puissent se lier, causeront avec vous, Mesdames; si ces demoiselles se conviennent, si ces jeunes personnes vous inspirent assez d'intérêt pour que vous souhaitiez les revoir, je vous y accompagnerai jusqu'à ce que l'habitude ait rendu votre voix assez familière à M. de Saint-Cernin, pour le disposer à ne vous plus considérer comme une nouvelle connaissance; il a trop de vrai mérite pour ne pas sentir le prix de votre société et la désirer. » En achevant ces mots, Madame de Rivière proposa de se rendre tout de suite chez M. de Saint-Cernin. Pendant le chemin elle apprit à madame de Saint-Théodore les événemens qui avaient privé cet homme respectable de l'aisance dans laquelle il était né, et dont ses généreuses filles lui conservaient l'illusion par une industrieuse supercherie!.... en se privant de tout, et travaillant avec une merveilleuse activité, afin d'éviter à leur père la connaissance des pertes qu'il avait faites. Elle parlait encore lorsque la voiture s'arrêta. La Marquise et sa fille, le cœur rempli d'admiration pour les intéressantes jeunes personnes, furent introduites chez elles. Félicité, assise entre sa sœur qui était au piano, et son père qui l'accompagnait sur le violon, travaillait à un ouvrage de broderie en chenille, de la plus grande beauté. Comme on n'annonçait jamais Mme. de Rivière, ces dames entrèrent doucement et purent entendre jusqu'au bout le morceau que jouait Fédora avec légèreté et précision. Lorsqu'il fut fini, madame de Rivière présenta tous bas à Félicité la jeune Alexandrine et sa mère, comme des dames de ses amies qui désiraient faire sa connaissance et celle de sa sœur.

Félicité rougit en faisant un salut gracieux : « Ne parlons pas de ces dames à votre père, afin de ne le point gêner, ajouta-t-elle. » M. de Rosemont qui avait l'ouïe très fine, reconnut la voix de madame de Rivière, et la querella de venir ainsi l'écouter à son insu ; une conversation aimable s'établit entre lui et cette dame, tandis que Félicité, à l'autre bout du salon, s'entretenait à voix basse avec la Marquise et sa fille ; celle-ci témoigna le désir de voir le bel ouvrage auquel elle était occupée. Félicité apporta le métier, Alexandrine l'admira, exprima l'envie d'acquérir ce charmant talent, et demanda s'il ne serait pas possible à ces demoiselles de lui procurer la personne qui leur avait montré à faire ces délicieux ouvrages. — Hélas! non, répondit Félicité avec un soupir!... car ce fut la meilleure des mères qui nous l'enseigna; son adresse et son goût avaient poussé cet amusement à un point de perfection rare; elle nous exerça à ces petits ouvrages, et c'est en tâchant de l'imiter que je suis parvenue à faire ce que vous voyez. — Alors je n'ose plus rien dire!.... Cependant, si je croyais ne vous être pas importune... j'aurais un si grand plaisir à apprendre ce genre de travail... serait-ce une trop grande indiscrétion de vous demander, lorsque madame de Rivière vient vous voir, de l'accompagner, et pendant qu'elle cause avec Monsieur votre père, que vous ayez la bonté de me permettre de vous regarder travailler? — Non-seulement, Mesdames, je vous verrai toujours avec plaisir, puisque madame de Rivière vous est attachée, répondit Félicité, mais si vous le désirez je vous montrerai ce que je sais en broderie; je serai trop heureuse de donner à la Marquise, dans la personne de ses amies, cette légère preuve de dévouement. » Alexandrine et sa mère remercièrent Félicité, qui captiva entièrement leur estime par l'esprit, la solidité, la douceur qu'elle montra dans la conversation, et par la simplicité de son ton et de ses manières qui annonçaient la supériorité de son jugement et la noblesse de son âme.

Fédora, son élève, contribua aussi par son silence modeste et l'expression de tendresse et de considération qu'elle avait pour sa sœur, à donner de toutes deux la plus favorable opinion. Enfin lorsque madame de Rivière se leva, madame Saint-Théodore et sa fille ne quittèrent ces deux aimables enfans qu'avec regret et en se promettant bien de les revoir souvent.

Aussitôt qu'elles furent hors de la maison, elles remercièrent vivement madame de Rivière du plaisir que sa complaisance venait de leur procurer; elles parlèrent avec éloge des talens et de la piété filiale de ces jeunes personnes, de leur instruction, et surtout de leur modestie, à-la-fois simple, noble et gracieuse.

La marquise et sa fille retournèrent chez elles, mais ce sujet de conversation ne tarit point; toute la journée il ne fut question que des demoiselles de Saint-Cernin. Dès que ce nom eût été prononcé devant le marquis, il devint attentif à ce qui se disait, et en fut frappé; il demanda des détails; on lui répondit par les plus touchantes explications, qui le menèrent à penser que tant de vertus ne devaient exister que dans la famille de celui qui était venu à son secours d'une manière si délicate et si secrète, qu'il n'avait jamais pu réussir à découvrir son bienfaiteur.

Rempli de cette idée, le marquis ne voulut pas différer de l'éclaircir; il se serait reproché de laisser un moment de plus, dans une position pénible, celui à qui, peut-être, il avait les plus grandes obligations; il se fait indiquer la demeure du prétendu St.-Cernin, part comme un trait, arrive, sonne à la première porte; elle lui est ouverte par Christine qui le reconnaît, et le conduit chez son maître sans dire un seul mot; il entre, se précipite vers celui qu'il soupçonne être son bienfaiteur en s'écriant: « Je vous trouve donc enfin!... » A cette voix qu'il reconnaît, et qui n'a pas cessé de lui être chère, M. de Rosemont ouvre les bras, son frère s'y jette, le regarde, et malgré l'infirmité qui le prive de cette expression de physionomie qui le distinguait, il ne peut le méconnaître. Eh! quoi! c'est vous, lui dit le marquis!!! — Oui, oui, ajouta-t-il en se reprenant et le serrant contre son cœur. C'est toi qui as dû prendre un détour pour me sauver de mon désespoir, sans révolter mon orgueil, j'aurais dû le deviner depuis long-temps, et c'est seulement en te revoyant que cette pensée s'offre à moi. — Mon frère, mon ami, ne parlons plus de cela : es-tu heureux ? — Oui, je le suis, mais toi? — Moi j'ai eu le malheur de perdre un ange ; mais le ciel compàtissant m'en a rendu deux : où êtes-vous, mes chères enfans, que je vous présente à votre oncle. — Nous voici, mon père, répondit Félicité en s'approchant avec sa sœur.--Qu'elles sont jolies, s'écria le marquis en les embrassant ; combien mon Alexandrine et sa mère seront heureuses !!! mais je veux les surprendre à mon tour !... — Je suis père aussi, mon cher Charles, ajouta St.-Théodore en s'adressant à son frère, un nouvel hymen a fait mon bonheur, j'ai une excellente femme et une fille digne des tiennes; il me tarde de te les amener. — Quand tu voudras... Je ne pourrai plus jouir du plaisir d'admirer leurs traits, mais je devinerai leur âme, mais j'entendrai leurs douces voix; puisqu'elles te rendent heureux, je les aimerai, et ce sera toujours un bonheur pour moi; mes filles aussi seront enchantées d'avoir une parente, une amie de leur âge: sans cesse occupées de moi, ces chères petites ne connaissent aucun des plaisirs de leur âge; elles restent constamment à mes côtés; quelquefois la pensée de ce qu'il leur en coûte pour me distraire, empoisonne le plaisir que leurs soins, leurs attentions me font ressentir. — Ah! mon père, s'écria Félicité en saisissant la main de M. de Rosemont pour la baiser, nous ne regrettons rien, notre seul bonheur est d'être près de vous, de réussir à vous amuser, et quand vous êtes content tous nos désirs sont remplis. — J'ai une grâce à vous demander, mon cher frère, interrompit le marquis; mon hôtel est grand, venez l'habiter avec nous; vos enfans, sans vous quitter, jouiront des agrémens de la société sous les yeux d'une seconde mère, car je vous réponds que la marquise se fera un plaisir de ne mettre aucune différence entre sa fille et les vôtres. — Mon ami, répondit M. de Rosemont, je vous remercie; vous êtes riche sans doute, vous n'avez qu'une fille qui le sera aussi ; mes enfans pourraient prendre chez vous le goût d'un luxe qui leur ferait regarder la médiocrité de leur fortune comme un malheur ; jusqu'ici elles n'ont rien regretté, parce qu'elles n'ont rien vu de mieux que ce qu'elles possèdent. — Que dites-vous, mon cher Charles !... je n'ai rien qui ne vous appartienne réellement ; sans le généreux secours que vous m'avez fait parvenir, j'avais tout perdu : mes propriétés saisies allaient être vendues à vil prix pour payer des dettes usuraires que Mademoiselle A. avait contractées à mon insu ; ce n'est qu'avec l'argent que vous m'avez donné que j'ai pu arrêter les poursuites, racheter les créances à moitié de ce qu'on les avait fait monter, et par ce moyen conserver mes biens. Ne parlez donc plus de différence de fortune, car ce que j'ai est véritablement à vous; mais, ajouta le marquis en s'interrompant, ce n'est point à moi à obtenir votre consentement, je ne le mérite pas, c'est à ma femme, à ma fille, qu'il appartient de vous persuader, et je vole les chercher.» Pendant ce temps la bonne Christine, dont cette réunion était en grande partie l'ouvrage, avait envoyé avertir Madame de Rivière; elle arriva. M. de Rosemont lui raconta tout ce qui venait de se passer: je suis bien résolu, ajouta-t-il en finissant, à refuser la proposition de mon frère. Ma fortune n'est pas considérable, mais depuis seize ans elle a suffi à nos besoins, et tant que ma chère Adélaïde a vécu, nul homme sur la terre n'a été plus heureux que moi ; pourquoi risquerais-je la tranquillité de mes enfans ?—Mon ami, lui répondit Madame de Rivière, vos filles touchent à l'âge où elles ne peuvent que gagner à avoir près d'elles des personnes de leur sexe d'un mérite reconnu, et la marquise est de ce nombre; c'est une femme recommandable sous tous les rapports, et aussi distinguée par son esprit que par ses sentimens: au lieu d'avoir rien à craindre de votre séjour à l'hôtel du marquis, vos filles ne peuvent y trouver que de grands avantages. Acceptez donc sans difficulté une chose que votre frère désire, et qui est très convenable. Madame de Rivière achevait à peine ces mots, que le marquis revint suivi de sa femme et de sa fille.

En les reconnaissant pour les dames qui étaient venues le matin, Félicité et sa sœur firent un cri de surprise. La marquise, qui ne s'était pas attendue à retrouver ses nièces dans les demoiselles de St.-Cernin, fit une exclamation de joie, et les serra contre son cœur avec une expression de bonheur dont Félicité fut profondément touchée.

Monsieur de Rosemont, ébranlé par les observations de madame de Rivière, céda aux instances de sa belle-sœur et consentit à aller demeurer à l'hôtel du marquis, mais on lui laissa toujours ignorer la perte de sa fortune, pour ménager sa délicatesse, qui eût peut-être souffert d'avoir des obligations à son frère; il fut donc encore pendant quelque temps privé de connaître toute l'étendue des sentimens délicats et vertueux que ses filles, dans un âge aussi tendre, avaient déployés pendant quatre années, sans se démentir un seul instant : d'ailleurs on voulait aussi lui épargner la peine que l'inquiétude de l'avenir de ses filles lui eût causé.

Félicité et Fédora trouvèrent dans la marquise une amie tendre et éclairée, dont les prévenances et les soins leur rendirent toutes les jouissances dont elles avaient perdu l'habitude. Alexandrine fut pour elles une troisième sœur, qu'elles aimèrent autant qu'elles en étaient aimées; mais Félicité trouvait encore une autre récompense de ses vertus dans l'estime qu'on lui portait pour l'angélique courage avec lequel elle avait suppléé à la perte de sa mère, supporté toutes les peines, pourvu à tous les besoins, dans un âge où l'on est à peine sorti de l'enfance. L'admiration qu'elle inspirait était un hommage rendu à l'amour filial, mais elle devenait une espèce de culte dès qu'on l'avait vue ; ses grâces modestes, l'expression céleste que ses belles actions et l'exercice habituel des vertus, répandent toujours sur la physionomie des personnes qui les pratiquent du fond du cœur, la rendaient si intéressante et si belle, que toutes les mères la souhaitaient pour épouse à leurs fils, tous les pères eussent acheté pour leurs filles des qualités aussi rares, au prix même de l'infirmité qui avait dérobé à M. de Rosemont la connaissance d'une partie de ses perfections. La vertu a tant de charmes qu'elle séduit ceux qui la contemplent, et qu'aucun n'eût balancé à renoncer à la clarté des cieux, pour savoir sa fille douée de cette piété filiale qui avait fait un ange de mademoiselle de Rosemont.

Dieu voulut que cette histoire touchante vînt à la connaissance du monarque, afin que la récompense éclatante qui fut le prix des douces et sublimes vertus de l'aimable Félicité, fût un motif d'encouragement à les acquérir.

Le roi, aussi généreux que sensible et bienfaisant, éprouva le plaisir le plus vrai que le pouvoir et la grandeur puissent donner, celui de réparer les injustices de la fortune et de récompenser dignement la vertu. S. M. daigna écrire de sa main à mademoiselle de Rosemont, en lui envoyant le contrat d'acquisition d'une terre magnifique située à quelques lieues de Paris, en attendant, lui disait-elle, que l'hôtel de son père (que le feu avait consumé et qu'elle avait donné l'ordre de faire reconstruire) fût prêt à les recevoir; les expressions les plus flatteuses accompagnaient ce don royal. S. M. daignait l'engager à venir à la cour pour y faire admirer la vertu, disait-elle, sous la forme la plus aimable, et l'assurait, pour elle et pour les siens, de sa constante protection.

Ce ne fut qu'après la réception de ce témoignage des augustes bontés de son souverain, que M. de Rosemont apprit la perte entière de son ancienne fortune, les efforts généreux de sa vertueuse épouse et de sa fille encore enfant, pour lui cacher sa détresse et l'empêcher de s'en ressentir.

Ce fut en voyant couler des yeux de son père les douces larmes du bonheur et de la reconnaissance, que Félicité goûta le bien suprême, et la voix chérie de l'auteur de ses jours appelant sur sa tête les bénédictions célestes, remplirent son âme d'un sentiment délicieux, ineffable, et qu'aucune langue ne saurait exprimer.

Ce sentiment pur et délicieux que lui causait la certitude d'avoir rempli tous ses devoirs envers son père, d'avoir suivi ponctuellement les derniers vœux de sa mère, embellit toute sa vie, en charma tous les instans. Objet de vénération, d'estime, d'attachement, elle fut aimée de tout ce qui la connut, elle jouit pendant une longue vie du plus parfait bonheur.

Le moyen de mériter la même récompense est d'acquérir les mêmes vertus; les bénédictions paternelles ne reposent point en vain sur le front des enfans vertueux : Dieu les ratifie toujours, et comble de biens ceux qui ont su les mériter par leur tendresse filiale.

CHARLES DE TOURVILLE,

OU

LA PARESSE.

CHARLES était l'aîné d'une famille riche et considérée. Son père, magistrat intègre, aussi bon époux que père tendre et éclairé, chérissait ses enfans et surveillait leur éducation avec sagesse. Son fils aîné, aussi bien partagé que ses frères du côté de l'entendement et des dispositions naturelles, avait de moins qu'eux l'amour du travail ; et quoiqu'il eût le même désir de contenter ses parens et d'apprendre, il n'y pouvait parvenir, parce que sa paresse, plus forte, l'emportait sur ses bonnes résolutions. Il se mettait à ses devoirs, déterminé, à ce qu'il lui semblait, à bien s'appliquer; mais à peine avait-il lu quelques lignes qu'il s'engourdissait graduellement, son esprit restait dans l'inaction, et ses yeux seuls parcourant son livre, ne laissaient dans sa tête aucune idée; de manière que ses frères, ses camarades, tous savaient leurs leçons, les avaient récitées, avaient fait leurs compositions, que lui n'avait pas encore retenu le premier mot de ce qu'il devait apprendre. Quand le chagrin d'avoir mécontenté son père avait fait une forte impression sur lui, il se surveillait avec courage pendant un jour ou deux, et acquérait la preuve de ce qu'on lui disait souvent, qu'il dépendait de lui seul de faire aussi bien et autant que les autres. Mais son énergie s'éteignait avec le souvenir de la peine qu'il avait éprouvée, et il retombait dans son apathie habituelle. Depuis le commencement des beaux jours, M. de Tourville avait promis à ses fils que celui qui travaillerait le mieux jusqu'aux vacances, aurait pour cette époque un joli petit cheval en propriété, qu'il pourrait prendre des leçons d'équitation, et se servir de son cheval pour se promener. Avoir une jolie bête, et pouvoir aller à la promenade sans se donner la peine de marcher : quel bonheur pour un paresseux !.. C'était une chose bien tentante sans doute; mais pour l'obtenir il fallait travailler pendant six mois : c'était trop pour Charles... Cependant le désir de n'être pas accablé de reproches, de ne pas chagriner ses parens, l'engagea à faire un effort, lors des compositions pour les prix. La première moitié de son travail fut très bonne, la seconde pitoyable; car il s'était de nouveau laissé aller à la paresse d'esprit causée par l'engourdissement du corps. Il eut donc la honte d'entendre ses professeurs déclarer hautement que M. Charles de Tourville aurait pu remporter le prix, s'il s'était donné la peine d'achever son travail comme il l'avait commencé, mais que la fin étant telle qu'eût pu faire le plus mauvais écolier, on se voyait contraint à regret de lui assigner la dernière place. Son second frère, plus jeune que lui de quatre années, remporta successivement la palme dans plusieurs exercices, et obtint le petit cheval. Sa tendresse pour Charles aurait bien voulu lui donner le plaisir de le monter; mais M. de Tourville le défendit formellement, et ses volontés étaient des lois que ses enfans n'eussent pas cherché à enfreindre, quand même ils eussent été sûrs que leur père l'ignorerait toujours. Charles soupirait donc chaque fois qu'il voyait amener le bel animal, non-seulement de regret de ne l'avoir pas mérité, mais encore par le souvenir de la honte publique qu'il avait ressentie en entendant la déclaration de ses professeurs. Ce sentiment pénible se retraçait chaque jour avec tant de force, qu'il se croyait corrigé de sa paresse; cependant ses mauvaises habitudes étaient tellement enracinées, qu'elles lui causèrent de nouveau une peine si vive qu'il ne put y résister. La fête de M. de Tourville était à la fin de septembre, et on avait coutume de la célébrer avec pompe : la tendresse de sa famille, le respect et la considération qu'inspiraient ses vertus, se montraient avec un empressement vrai et animé qui rendait ces sentimens aussi touchans que flatteurs. M. de Tourville n'y était point insensible, et cette époque était toujours un moment de bonheur.

Les enfans avaient travaillé chacun de leur côté pour offrir à leur père un hommage de leurs talens. Aline, sa fille, âgée de dix ans, avait fait un bouquet de fleurs artificielles dont la beauté était parfaite. Gustave, son second fils, avait dessiné d'après nature un paysage charmant, et que son père affectionnait beaucoup, parce que c'était l'endroit où madame de Tourville était née; il avait fait de plus des couplets fort jolis qui devaient être chantés par sa sœur à la fin d'un petit dialogue que Charles s'était chargé de composer, et qui devait être joué par les enfans et les neveux de M. de Tourville. Hermine, sa seconde fille, avait brodé un tapis de pied. L'un des neveux avait tourné une tabatière, dont le travail était fini et orné avec perfection.

L'autre avait gravé sur un vase de très beau cristal, d'un côté le profil de madame de Tourville, entouré de fleurs, et à l'opposé, le chiffre des deux époux.

Toutes ces offrandes devaient être amenées avec esprit, par le dialogue que Charles, comme l'aîné de la famille, avait été prié de composer; car M. de Tourville ne permettait pas que quelqu'un aidât ses enfans dans ces circonstances : il les laissait libres d'inventer et de faire tout ce qu'ils voulaient, mais il exigeait que ce qu'ils projetaient fût exécuté par eux, et qu'ils ne se parassent pas d'un mérite qui ne leur appartiendrait pas.

Depuis long-temps les frères, sœurs et cousins de Charles s'appliquaient à ce qu'ils avaient entrepris, et le pressaient de s'occuper de ce qu'il avait promis. Il les assurait qu'il allait le faire, mais chaque jour il avait une raison excellente pour remettre au lendemain : il était fatigué de la promenade de la veille et n'était pas disposé; le jour suivant c'était quelque autre raison tout aussi mauvaise. Enfin voyant le terme approcher, il se mit à travailler, et commença passablement, mais il était trop tard : les enfans devaient apprendre par cœur ce qu'il aurait dû avoir fait depuis long-temps, de manière qu'en voulant se dépêcher, il s'embarrassa, ses idées se brouillèrent, le dépit s'en mêla, le mal de tête vint ajouter à sa détresse, et il lui fut impossible d'achever. Sa mère, persuadée que le moment d'angoisse qui s'approchait, pouvait enfin guérir son fils de son abominable paresse, ne permit pas que Gustave vînt à son secours; on le laissa à lui-même, maudissant sa faiblesse, ses lenteurs, ses remises, et désespérant de réussir : en effet, ce fut en vain qu'il se tourmenta ; la maligne petite Hermine venait tous les quarts d'heure lui demander son rôle : « Tu sais, lui disait-elle, que j'apprends difficilement; si je ne l'ai pas aujourd'hui, c'est inutile, jamais je ne le saurai. » Charles se frappait la tête, et voyant qu'il ne pouvait rien trouver de convenable, il courut chez ses cousins, il avoua sa faute, et les engagea à suppléer à l'impossibilité où sa paresse l'avait réduit, ne voulant pas au moins faire manquer la fête que l'on voulait donner à son père, par sa coupable négligence.

Heureusement Auguste, l'aîné des neveux de M. de Tourville, connaissant son cousin, et prévoyant l'issue des délais qu'il avait apportés à se mettre au travail de la petite pièce projetée, en avait préparé une que l'on apprenait déjà depuis huit jours; il le dit à Charles, qui se désola de nouveau, tout en remerciant son cousin de lui avoir épargné le chagrin d'avoir causé à ses frères et sœurs une peine aussi sensible que l'eût été celle de rendre inutiles tous les préparatifs qu'ils avaient faits pour fêter leur père. Il revint chez lui, débarrassé de cette crainte qui le poursuivait, mais non pas consolé de laisser exprimer par un autre les sentimens dont il lui appartenait d'être l'interprète auprès d'un père justement chéri. Pénétré d'un vif regret, Charles voulut du moins essayer de le peindre dans un apologue ingénieux, où, sans pallier sa faute, l'expression de son repentir pourrait toucher son père, en lui prouvant qu'il avait du moins tâché de la réparer autant qu'il était en son pouvoir : vain désir ! son imagination tourmentée par les reproches que lui faisait son cœur, lui fournissait bien une foule d'idées, mais il ne pouvait les arranger. Peu habitué à un travail suivi, il se fatiguait sans parvenir à rien; cet enfant, rempli d'esprit et de dispositions, avait rendu tous ces dons nuls en ne les cultivant pas; il avait voulu dessiner, mais il n'avait pas mieux réussi; il rougissait de présenter quelque chose d'inférieur à tout ce qui serait offert, et il déchira, dans son désespoir, ce qu'il avait commencé. Enfin ce jour désiré de tous, redouté du seul Charles, arrive; il est salué par des cris de joie; dès le matin tous les enfans se rassemblent, apportent leurs ouvrages, répètent leurs rôles, arrangent le salon, le décorent d'une manière analogue à ce qu'ils ont préparé, cueillent des fleurs pour orner les cadres, pour entourer les chiffres qu'ils ont formés de tous côtés; ils courent sans faire le moindre bruit, parlent bas, s'entendent à demi-mots; la joie et le bonheur remplissent leurs cœurs et brillent dans leurs regards: Charles seul ne prend part à rien; il s'enferme dans sa chambre, et le chagrin qui le dévore lui ôte le peu de courage que le désir de donner une preuve de son repentir lui avait inspiré; il pleure, son papier est mouillé de ses larmes, c'est tout ce qu'il peut faire... Regrets impuissans, remords tardifs, vous déchirez son cœur sans lui fournir aucun moyen de réparer ce que sa paresse lui a fait perdre... Oubliant les angoisses que doit endurer son frère, la douce Aline, déjà toute parée et rayonnante de plaisir, vient chercher Charles pour entrer chez leur père; elle le trouve en désordre, les yeux rouges et gonflés, n'ayant encore rien de fait, pas même sa toilette; Aline, interdite en le voyant dans cet état, sent toute sa joie s'évanouir; elle ne s'occupe plus que de consoler son frère; elle cherche à atténuer sa faute, à lui persuader que son père l'excusera en voyant ses regrets. « Ah! je connais toute sa bonté, interrompit le malheureux Charles, je ne crains pas ses reproches, mais le chagrin que je vais lui causer. Je verrai la satisfaction que vous allez lui donner, empoisonnée par moi; je verrai disparaître sa joie comme j'ai vu la vôtre s'éclipser tout-à-l'heure : moi qui devais faire son bonheur, je le détruirai!... Non, ma chère Aline, je ne puis supporter cette idée, elle brise mon âme. Pourquoi ne vous ai-je pas écoutés? vous m'aviez averti; ma paresse l'a emporté sur vos avis, sur mon désir de contenter mon père!... Ah! qu'elle m'emporte donc tout-à-fait, qu'elle me délivre d'une existence qui fait le malheur de tous ceux que j'aime. — Que dites-vous, mon frère, interrompit Aline? y pensez-vous, vous aggravez votre faute, ou plutôt, en vous livrant à ce découragement, vous ne faites que céder à la lâcheté qui engourdit vos sens aussi bien que votre âme; combattez ce désespoir qui n'est qu'une nouvelle offense envers notre père; habillez-vous, supportez la peine que votre négligence vous a attirée, supportez-la avec résignation, mais aussi qu'elle vous serve à éviter à l'avenir d'en éprouver une semblable. Venez, mon cher Charles, ne cherchez point à vous soustraire aux regards de notre père; venez implorer son indulgence, et soyez sûr du pardon. — Je voudrais en être moins sûr, ma chère Aline; je voudrais qu'il m'accablât de reproches, qu'il me bannît de sa présence, qu'il me punît plus encore s'il était possible, et qu'il ne s'affligeât pas comme il va le faire. En recevant vos dons et vos hommages, il ne distinguera pas d'abord que je n'y suis pour rien; son front épanoui, son regard satisfait, exprimeront le bonheur: il examinera, il voudra connaître le travail de chacun pour le louer... et c'est alors que la tristesse obscurcira cette belle physionomie!... c'est alors, ma

chère Aline, que je voudrais ne pas rencontrer ce regard douloureux qui pénètre jusqu'au fond de mon âme. Ah! pour cette fois je sens là, ajouta le malheureux Charles en portant la main sur son cœur, je sens quelque chose que je ne puis supporter, c'est une angoisse au-dessus de mes forces. — Mon ami, tu ne peux l'éviter. — Ah! je le sais, je l'éprouverais de même loin de ses yeux; mon imagination ne m'épargnerait rien; je sentirais son regard au centre de la terre si j'y étais enfermé; mais allez, ma sœur, allez, je vous suis, dans un moment je serai à vous. »
Vainement Aline essaya de calmer son frère. Charles était très sensible; sa paresse seule l'empêchait d'être un sujet distingué; il aimait son père de

toute son âme, il sentait fortement, mais il manquait d'énergie pour dompter un défaut qui s'était enraciné par l'habitude d'y céder. N'ayant pas été assez combattu dans la première enfance, il était devenu plus fort que sa raison, que sa volonté, que son amour pour ce père qu'il chérissait; mais sa paresse ne pouvant toutefois diminuer ce sentiment inaltérable dans tout enfant bien né, il faisait son supplice en le livrant continuellement au regret d'avoir offensé ce père bien aimé. Assailli par ces réflexions, Charles suivit d'un air triste ses frères et sa famille chez son père; celui-ci en le voyant entrer, lut aisément dans sa contenance abattue qu'il n'aurait pas beaucoup à le féliciter; cependant ne voulant pas augmenter la peine dont il paraissait accablé, il reçut son bouquet, l'embrassa avec tendresse, et ne parut pas faire attention à sa confusion. La journée se passa dans le mouvement des préparatifs à achever pour le soir, la réception des convives, les confidences, les toilettes, etc., etc. Enfin, à l'issue du dîner, M. de Tourville, conduit par sa femme, environné d'une société d'amis et de connaissances, passa dans le salon où la fête était préparée; dès qu'il fut assis sous le dais de fleurs où son fauteuil avait été placé, une musique agréable se fit entendre, et des couplets charmans annoncèrent le sujet qui rassemblait la famille; un dialogue animé, rempli de sentiment, d'esprit et de grâce, amena tout naturellement l'offrande des petits ouvrages que chacun avait perfectionnés de son mieux; c'était le moment que l'infortuné Charles avait prévu, qu'il redoutait au-delà de l'expression. Les regards de M. de Tourville, enchantés par l'ensemble de cette petite fête, par la manière dont les sentimens de sa famille étaient exprimés, se promenaient d'une chose à l'autre avec bonheur; il lève la tête pour regarder ses enfans groupés autour de lui; la figure décomposée de Charles le frappe; il reporte les yeux avec inquiétude sur les objets qui sont devant lui; le nom est sur chacun d'eux, celui de Charles ne s'y trouve pas!... M. de Tourville baisse la vue sans regarder son fils, pour ne pas accroître sa peine; mais Charles l'a suivi de l'œil ; il a compris l'intention de son père ; un gémissement étouffé s'échappe de son sein ; il tombe inanimé aux pieds de M. de Tourville : on s'empresse de le secourir ; on le porte à l'air ; on emploie tous les moyens pour le rappeler à la vie, mais ils sont inutiles : frappé d'un coup de sang, le malheureux Charles a expiré, victime de sa paresse et de ses regrets ; le jour de fête est changé en un jour de deuil ; chacun se parle, s'étonne, ne sait à quoi attribuer un si funeste accident.

Le médecin appelé déclare que tout est fini. Son père l'appelle, lui parle, lui adresse les choses les plus tendres, les plus consolantes. Charles n'entend plus rien !... il n'est plus :

cette âme profondément sensible, mais sans énergie, n'avait pas eu plus de force pour surmonter la douleur que lui avait causé l'idée d'affliger son père, qu'elle n'en avait eu pour surmonter la paresse. En cédant lâchement aux mauvaises inclinations, l'âme s'énerve, et devient incapable de résister au choc des sensations agréables ou pénibles qui partagent la vie; celles-ci avaient été trop fortes pour le malheureux Charles. Depuis plusieurs jours poursuivi par la certitude d'avoir trompé les espérances de son père, son sang avait fermenté, et lorsque le moment que sa conscience et son imagination lui avaient peint avec tant de vérité, arriva, la secousse fut si violente qu'il se porta avec force à la tête et l'étouffa.

Sa famille désolée, le pleura sincèrement, parce que son cœur était bon; mais bientôt M. de Tourville, faisant taire la tendresse qui causait ses larmes, leur prouva que Dieu avait eu pitié de Charles en lui ôtant la vie : « Il n'aurait vécu que pour souffrir, leur dit-il; car l'homme le plus malheureux est celui qui, constamment placé entre le désir de bien faire et le penchant qui l'entraîne au mal, n'a pas assez de courage pour y résister et vaincre ses mauvaises inclinations. Sa vie, partagée entre les fautes et le repentir, est un supplice continuel, qu'augmente encore la sensibilité de son âme : telle eût été la destinée de Charles; peut-être moi-même me suis-je égaré dans la marche que j'ai suivie, mais je ne me la reproche pas, parce que ce n'est pas par faiblesse que je l'ai prise, mais par erreur. En voyant dans mon malheureux fils le germe d'une grande sensibilité, j'ai cru que ce sentiment suffirait pour vaincre la paresse qui s'annonça chez lui dès son enfance; j'ai voulu attendre que le temps et la raison, en développant cette précieuse qualité, lui inspirassent le courage de aincre ce défaut : j'ai eu tort, l'habitude avait jeté de trop profondes racines, il eût fallu une force d'âme peu commune pour y réussir. Tandis que, dans sa première enfance, si j'avais usé d'autorité et de punitions proportionnées à son âge, j'aurais secondé sa petite intelligence, qui lui eût fait faire des efforts pour éviter les corrections. En usant trop tôt et trop souvent de sa sensibilité, je l'ai exaltée; et par cela même privée de la faculté de se soutenir dans ce degré d'élévation; le découragement se trouvait à côté, et le malheureux Charles n'avait pas plutôt fait un effort pour secouer l'engourdissement de sa paresse, qu'il retombait, épuisé, dans l'apathie dont il avait voulu sortir. Profitez donc, mes enfans, de la leçon terrible que doit vous donner le cruel malheur qui vient de me frapper. Souvenez-vous qu'on ne saurait combattre ses défauts trop tôt; que c'est surtout dans le jeune âge qu'on le peut plus efficacement, et qu'il ne faut jamais s'en remettre au temps, qui ne fait que les fortifier par la puissance incalculable de l'habitude. »

ANGÉLIQUE ET SOPHIE,

OU

NÉGLIGENCE ET ACTIVITÉ.

MADAME de Puymorin avait deux filles dont l'éducation l'occupait uniquement; elle les aimait toutes deux également, mais toutes deux ne répondaient pas également à ses soins, et l'une avait besoin d'être grondée beaucoup plus souvent que l'autre, ce qui faisait croire à ceux qui ne connaissaient pas son équité, qu'elle avait de la préférence pour la gentille Sophie. Celle-ci, douée d'une activité inconcevable, était sans cesse occupée, elle faisait ses devoirs avec application sans perdre une minute, jouait avec le même empressement qu'elle avait mis à prendre ses leçons, et ensuite retournait au travail avec autant de gaîté qu'elle en avait eu à le quitter. Angélique était douce, appliquée, mais négligente à l'excès, ce qui lui faisait perdre un temps infini; jamais elle ne savait où étaient ses livres parce qu'elle négligeait de les serrer lorsqu'elle cessait de s'en servir; son papier, ses plumes n'étaient jamais remis en place; il fallait toujours chercher avant que de pouvoir se mettre à la besogne; son dé, ses aiguilles, ses ouvrages avaient le même sort : de manière que sa sœur avait déjà fait la moitié de son travail avant qu'Angélique fût prête à commencer le sien. Chaque jour elle était réprimandée pour les mêmes négligences, chaque jour elle retombait dans les mêmes fautes. Sophie, plus jeune qu'Angélique, d'une année, la surpassait en force comme en adresse et en talent, car l'activité qu'elle mettait à tout, développait ses facultés physiques et morales; tandis que la mollesse d'Angélique nuisait à son accroissement corporel, et laissait son esprit sans énergie; il était fin, délicat, mais peu étendu, parce qu'elle négligeait de le nourrir par des réflexions; elle faisait bien ce qu'on lui prescrivait, mais n'allait jamais au-delà;

d'ailleurs elle n'en avait réellement pas le temps, étant toujours obligée de se presser pour faire ses devoirs, parce qu'elle perdait la moitié des heures destinées à l'étude, en cherchant sans cesse ce qui lui était nécessaire. Sa mère, femme d'un grand mérite, essayait tous les moyens possibles pour la corriger; rien ne réussissait; cependant les mortifications, les raisonnemens, les prières, les punitions ne lui étaient pas épargnés, et Angélique était sensible!.. elle aimait sa mère, était désolée de la chagriner par ses fautes continuelles; mais le naturel l'emportait sur ses bonnes résolutions, l'habitude avait fortifié ce défaut, beaucoup plus essentiel qu'on ne croit, surtout dans une jeune personne destinée à être maîtresse de maison, c'est-à-dire la dépositaire des intérêts de sa famille, l'exemple de ses enfans, de ses domestiques, de tout ce qui l'entoure, le régulateur de son intérieur; enfin madame de Puymorin en sentait toute la conséquence, et n'en désirait que plus vivement d'arracher sa fille à ce penchant funeste. Angélique était pieuse et bienfaisante, la comtesse imagina de donner à ses filles une pension proportionnée à sa fortune et à leurs besoins, et de les charger de pourvoir à leur entretien et à leurs fantaisies avec cette somme; elle était suffisante pour leur donner la facilité de faire des aumônes, en mettant de l'ordre et de l'économie dans leurs dépenses. Mais comme sans ces deux qualités il n'existe pas de fortune suffisante, madame de Puymorin s'attendait bien qu'Angélique, non-seulement ne trouverait pas la possibilité de donner, mais n'aurait même pas assez pour ses besoins; elle prévint ses filles sur cet inconvénient, en leur déclarant que celle qui n'aurait pas d'argent pour acheter ce qui lui serait nécessaire jusqu'à la fin du mois, se passerait de ce qui pourrait lui manquer, attendu que sa fortune ne lui permettait pas de dépasser cette somme, dont la moitié avait toujours suffi à leur entretien, et qu'elle n'avait doublée que dans l'intention de leur procurer la jouissance de faire quelques bonnes actions. Angélique et Sophie remercièrent leur mère, et lui promirent d'observer ses avis, et de lui demander conseil avant de faire les dépenses un peu importantes. « Ah! mes amies, leur répondit la Comtesse, ce ne sont jamais les dépenses importantes qui sont préjudiciables, ce sont les petits détails qui sont ruineux, parce qu'ils reviennent sans cesse, et ce sont ceux-là qu'il faut surveiller attentivement. — Bien obligé, chère maman, répondirent les deux jeunes personnes, nous y ferons bien attention. » La chose était plus facile à promettre qu'à exécuter, surtout pour Angélique, qui ne soignait rien; les crayons, le papier, les plumes, l'encre, les canifs, les livres, les cartes de géographie, les modèles de dessin, tout ce dont elle se servait enfin s'abîmait, se déchirait, se perdait, il fallait remplacer, et ces articles devenaient fort coûteux. Venaient ensuite ceux des petits ouvrages et ceux de la toilette, les gants, les épingles, les mouchoirs, les sacs, les petits bijoux, c'était à l'infini. La première semaine enleva à Angélique la moitié de l'argent de son mois, sans qu'elle eût rien dépensé en fantaisie ni en objets essentiels. Sophie, au contraire, avait acheté mille babioles qui l'avaient enchantée, et n'avait cependant pas dépensé autant que sa sœur, mais c'était toujours trop, puisque ces objets étaient inutiles; bientôt elle regretta l'argent qu'elle y avait employé, car elle eut besoin de différentes choses pour ses études et pour son entretien. Il venait de paraître de charmantes variations pour le piano, elle voulut les acheter, il ne lui restait plus que la somme nécessaire pour cette emplette, elle la fit, et resta sans un denier. Angélique, à la fin de la seconde semaine, n'avait plus d'argent, et n'avait rien dépensé ni pour ses plaisirs, ni pour ses besoins.

A ce moment, la fête de leur tante arriva, et madame de Puymorin demanda à ses filles ce qu'elles comptaient offrir à sa sœur. « Il me semble, leur dit-elle, que vous pourriez lui faire, l'une une bourse, l'autre un joli sac à ouvrage : il y a encore huit jours d'ici à celui de sa fête. — Oui, oui, maman. Ah ! vous avez bien raison ! Que vous êtes bonne de nous y avoir fait penser, répondirent ensemble Angélique et Sophie. Nous allons nous mettre à l'ouvrage tout de suite. — Vous ferez très bien, mes enfans; je vous engage à ne pas différer, afin de n'être pas trop pressées par le temps. Si vous voulez, après vos leçons, nous irons ensemble choisir ce qu'il vous faut pour ces petits ouvrages: cela ne vous coûtera pas bien cher; une douzaine de francs peut-être, pour les soies, l'or et les fermetures. » A ces mots, les deux sœurs se regardèrent et semblèrent compter réciproquement l'une sur l'autre pour faire ces emplettes; elles remercièrent leur mère d'un air moins satisfait qu'elles ne l'avaient eu d'abord, ensuite elles allèrent à leurs études. Dès qu'elles furent seules, Angélique demanda à Sophie si elle avait encore de l'argent. « Mon Dieu, non, pas un sou; tu sais que j'ai fait la sottise d'acheter des flacons, des tasses de porcelaine, une boîte à ouvrage, un petit métier à frange, des soies...... Ah! mes soies me serviront pour faire ma bourse. Bon, je n'aurai rien à acheter. — Et la fermeture donc? — Eh bien, la fermeture... je m'en passerai..... j'y mettrai une ganse. — Ce ne sera pas joli. — Non, sans doute, mais je n'ai plus d'argent: à moins que tu ne veuilles m'en faire cadeau, car maman a défendu que nous nous prêtions. — Fort bien, bonne manière pour ne pas désobéir; mais il n'est pas en mon pouvoir de te rendre ce service, car je voulais te demander de m'acheter ce qu'il me faudrait pour ce sac. » A ces mots, Sophie éclata de rire. « Nous voilà bien avancées, il faut en convenir. Comment sortir de cet embarras ? dit-elle. — Et tu ris encore! reprit Angélique. — Pleurer ne réparerait pas nos folies : il faut y trouver un remède d'abord, et puis, le mois prochain, éviter de nous retrouver ainsi. Écoute : j'ai acheté une robe de gros de Naples violet pour une robe de tous les jours, afin que cela ne soit pas si salissant, car je me ruine en blanchissage. Je vais t'en donner ce qu'il faut pour ton sac, tu le broderas en chenille blanche et en petites perles ; ce sera fort joli, je t'assure. — Tu crois ? — Oui, j'en suis sûre ; tu verras. — Ah ! quelle bonne chose !... Mais que dire à maman ? — La vérité, ma chère Angélique ; et si je ne me trompe, nous ne lui apprendrons rien : à présent, je me rappelle que son air de bonté avait une teinte d'ironie. D'ailleurs, sois certaine que maman sait tout ce que nous faisons; elle nous aime trop pour ne pas surveiller toutes nos actions? — Comment, tu penses que maman interroge nos femmes? — Interroge, non; mais qu'elle se fait rendre compte de tout: cela doit être, car nous ne devons avoir rien de caché pour elle. — Oui, cela pourrait bien être; cependant maman nous a dit que nous serions libres de disposer de notre pension. — Oui; aussi ne nous a-t-elle fait aucun reproche, notre embarras sera notre seule punition. — Mais, c'est déjà beaucoup, car je ne sais pas comment je ferai. Lise m'a dit ce matin que je n'avais plus de gants. — Je t'en prêterai. — Non, maman l'a défendu. — Eh bien, je t'en donnerai. — Alors, ce ne sera qu'une paire, car je ne veux pas te mettre dans l'embarras aussi. — Bon, bon, ne t'inquiète pas : travaillons seulement ; que maman soit contente de nous, et nous arrangerons ensuite le reste. » Sophie se mit au piano, Angélique à sa géographie, et successivement elles prirent toutes leurs leçons. A deux heures, elles passèrent dans l'appartement de leur mère qui les attendait pour sortir : c'était le moment pénible, car il fallait avouer que l'on avait dépensé toute sa pension. Elles entrèrent d'un air embarrassé ; et madame de Puymorin, voulant augmenter la confusion de cet instant, afin qu'il leur laissât un souvenir qui pût les préserver de retomber dans la même faute, leur proposa de partir tout de suite. « Maman, répondit Sophie, nous irons volontiers avec vous, mais.... — Mais quoi ? — Maman, c'est que.... — Eh ! bien, c'est que... Achevez donc, ma chère, je ne comprends pas ces demi-mots, cet air embarrassé : qu'y a-t-il ? qu'avez-vous ? — Maman, c'est que nous ne savons comment vous dire que nous n'avons plus d'argent. — Vous n'avez plus d'argent !... et nous ne sommes qu'au vingt ! comment irez-vous donc jusqu'à la fin du mois ? Vous avez peut-être acheté tout ce qu'il vous faut. — A-peu-près, maman, répondit Sophie ; malgré cela, si je n'avais pas fait des emplettes inutiles, j'en aurais encore aujourd'hui ; mais cela ne m'arrivera plus, je vous le promets. —Je le désire, mais je ne puis pas vous donner ce qui vous manque, je vous en ai prévenu. —Ma chère maman, nous ne le demandons pas.... —Mais seulement que vous ayez la bonté de nous excuser, reprit doucement Angélique. —Quoi! et vous aussi, ma chère, interrompit madame de Puymorin? vous n'avez cependant pas acheté de babioles, vous? —Non, maman, mais je n'en suis pas plus avancée pour cela. — Qu'avez-vous donc fait de votre argent? quelqu'aumône peut-être? — Non, maman; j'ai laissé tomber l'encrier sur le grand atlas de Le Sage(1); six cartes ont été perdues entièrement; il a fallu les faire remettre, car il appartenait

(1) Chez M. Teste, éditeur, rue Montorgueil, n°. 108.

à ma cousine. J'ai oublié de mettre dans le verrier la belle tête de Vierge de Raphaël que mon maître m'avait donné à copier, et elle a été déchirée par Mustapha; la vilaine bête a planté ses griffes au milieu : j'ai dû faire acheter cette gravure; elle a coûté fort cher. Enfin, que sais-je? sans avoir rien dépensé pour moi personnellement, tout mon argent s'en est allé.—Sans doute, mon enfant, et votre négligence vous jouera continuellement de ces mauvais tours, si vous ne vous en corrigez pas. Vous ne parlez pas du La Fontaine et du volume de Racine que vous avez perdus ou déchirés, et que vous auriez dû également remplacer. — Cela est vrai, maman. — Faites-y donc attention, car vous vous ruinerez, et vous manquerez des choses les plus indispensables. Comment ferez-vous quand vous serez mal chaussée, mal habillée, avec des taches, des trous ou des pièces à vos robes?... Sophie a mis en fantaisies ce qu'elle eût pu mieux employer : elle s'est privée du plaisir de donner un joli ouvrage à sa tante, mais elle a fait des acquisitions utiles, et vous n'avez fait que réparer le dégât que votre négligence avait causé. Je vous le répète, si vous n'y prenez garde, vous serez toujours dans l'embarras.—Maman, j'y ferai attention à l'avenir. — Bien, mais en attendant comment ferez-vous pour la fête de votre tante? — Sophie répéta à sa mère ce qu'elle avait imaginé. Madame de Puymorin l'approuva ; les deux sœurs se mirent à l'ouvrage avec un égal empressement ; mais le défaut d'Angélique la poursuivit encore en cela : elle avait brodé un côté de son sac avec beaucoup de goût ; il était vraiment joli ; le second côté s'avançait lorsque le malheur voulut que cette négligente enfant laissât son métier au milieu du salon sans être ni couvert, ni rangé, et qu'un domestique vînt apporter du feu le soir (c'était en automne) à cet instant où il ne fait plus clair dans les appartemens lorsque dehors on y voit encore, ce qui ôte à ceux qui entrent la faculté de distinguer les objets ; ce domestique n'apercevant donc pas le métier, fut se heurter dedans ; la secousse fit tomber le tison sur l'ouvrage qui se trouva roussi, gâté et entièrement perdu. Comment exprimer le dépit d'Angélique !... Elle ne s'en prit cependant qu'à son peu de soin; comme elle était bonne, elle ne fit retomber sur personne, ni la faute qu'elle avait commise, ni le chagrin qu'elle en ressentait; elle se gronda elle-même, et fut obligée de se contenter d'offrir à sa tante un assez joli dessin, mais sans être encadré, absolument comme une petite fille, son rouleau à la main. Sa tante qui avait le mot, lui dit tout en riant qu'elle s'était attendue à quelque chose de plus complet. « A présent que vous avez des pensions, Mesdemoiselles, ajouta cette dame, c'est à vous de vous priver de quelques fantaisies pour faire de jolis cadeaux à ceux que vous aimez. — Oui, ma tante, répondit Sophie, c'est bien notre intention pour l'avenir, mais cette fois nous n'avons pas été prévoyantes, excusez-nous, et soyez assez bonne pour nous tenir compte de nos regrets. — Il faut bien s'en contenter, reprit madame de Savigny, mais souvenez-vous que cette excuse ne peut être reçue qu'une seule fois. » Angélique qui se sentait plus coupable que sa sœur, la laissait toujours parler, et se contentait d'approuver ce qu'elle disait. Sa tante le remarqua, et la plaisanta de manière à la tourmenter un peu; enfin ce moment désagréable passa comme tout passe dans ce monde, mais il fit impression sur les deux sœurs, et elles se promirent de s'éviter de pareils reproches. Le reste du mois s'écoula dans des privations qui entretinrent leurs bonnes résolutions; mais le premier du mois en ramenant l'abondance, fit paraître aussi des besoins sans nombre. Sophie allait peut-être céder au désir d'avoir de nouvelles bagatelles, s'il ne s'était présenté une occasion de faire un acte de bienfaisance en soulageant une pauvre mère de famille qui sollicita de madame de Puymorin la faveur de faire tenir son enfant sur les fonds de baptême par mademoiselle Sophie. La Comtesse permit que sa fille répondit elle-même à cette demande, à condition que si Sophie consentait à prendre cet engagement sacré, elle le remplirait dans toute son étendue, c'est-à-dire, que la mère étant dans un état de pauvreté bien voisin de la misère, Sophie aiderait sa mère à l'élever, à pourvoir à ses besoins, veillerait à ce qu'il fût instruit de sa religion, en reçût les premières idées dès le berceau, enfin qu'elle serait pour lui une protectrice ou plutôt une seconde mère. Sophie, dont le cœur était aussi sensible que généreux, souscrivit avec transport à ces conditions, et fut marraine de l'enfant de la mère Philippe, rempailleuse de chaises, qui recevait depuis plusieurs années quelques secours de madame de Puymorin, lorsque le manque d'ouvrage ou la rigueur de l'hiver rendaient ses besoins plus multipliés. Angélique aurait bien voulu avoir été choisie pour cette bonne œuvre, et sa mère parut même étonnée qu'étant l'aînée, on ne l'eût pas demandée plutôt que Sophie; on rechercha quelle pouvait être la cause de cette préférence, et l'on découvrit que Sophie, étant soigneuse, avait toujours quelque chose à donner; tantôt c'était une robe un peu passée, mais bonne encore; tantôt des joujoux dont elle s'était beaucoup amusée, mais qui n'étant ni cassés, ni tachés, pouvaient encore être remis à neuf, et vendus par cette pauvre femme, qui en tirait encore quelqu'argent; au lieu qu'Angélique, dont les robes étaient sales et déchirées, les joujoux traînant comme tous ses autres effets, n'avait jamais rien dont on pût tirer le moindre parti, et n'avait pas pu faire connaître ni son bon cœur, ni sa générosité : c'était encore un inconvénient de sa négligence. Sa mère le lui fit sentir, en l'engageant à se ménager, par plus d'ordre et de soins, les moyens de se rendre utile aussi à quelque famille indigente. Angélique le désirait vivement ; sa sensibilité aussi bien que son amour-propre souffraient de s'être vu préférer sa sœur cadette ; elle travailla donc sur elle-même pour parvenir à se corriger, car madame de Puymorin était inexorable : tout ce que ses filles perdaient, déchiraient, gâtaient par négligence, était remplacé à leurs frais à l'instant même. Angélique, malgré le soin qu'elle prit de s'observer, paya encore, pendant le courant du second mois, pour les trois quarts du montant de sa pension, en objets détruits par sa négligence, de plus, toutes ses robes étaient tachées, elle n'en avait plus une seule qu'elle pût mettre pour sortir; ses chapeaux étaient brisés, déformés, fanés, tout en elle annonçait le désordre et la négligence, et il ne lui restait plus d'argent pour remonter sa toilette. Dans cet instant de pénurie, madame de Puymorin annonça à ses filles qu'elle irait au château de madame de St.-Albon, passer les huit derniers jours du carnaval, et qu'elle les emmènerait pour les reposer de leurs études. Cette dame avait quatre filles, toutes plus aimables l'une que l'autre, et à-peu-près de leur âge; on devait danser, s'amuser. Cette partie était charmante; mais comment faire pour aller là, sans robes, sans gants, sans chapeau, avec un schall taché?...

Sophie voulut venir au secours de sa sœur, mais Angélique qui craignait de désobéir à sa mère en acceptant les généreuses privations que celle-ci s'imposait pour elle, refusa ses offres, et préféra avouer à madame de Puymorin qu'elle ne pouvait avoir le plaisir d'aller avec elle chez madame de Saint-Albon; la Comtesse reçut cet aveu avec une vive peine; celle qu'Angélique éprouvait ne la rassurait pas, car elle en avait déjà eu tant de fois qu'elle commençait à désespérer de la corriger. Cependant il y avait eu un peu plus d'attention dans le courant du mois. Le cœur d'une mère se flatte si aisément que madame de Puymorin se laissa persuader que la privation d'une partie de plaisir aussi attrayante ferait assez d'impression sur Angélique pour amener un changement plus sensible encore. La Comtesse se décida donc à partir comme elle l'avait annoncé, en laissant Angélique avec une femme de confiance; mais Sophie pria en grâce sa mère de la laisser avec sa sœur, ne pouvant supporter l'idée de s'amuser tandis que sa meilleure amie serait dans le chagrin. Madame de Puymorin, quoique charmée du bon cœur de Sophie, eut de la peine à accorder cette demande, et déclara positivement que si une circonstance pareille se représentait, elle ne consentirait à aucun adoucissement en faveur d'Angélique. Pendant l'absence de leur mère, les deux sœurs se représentaient tous les discours dont elles étaient l'objet, les plaisirs dont leurs amies jouissaient. « Ce qui me peine le plus, disait Angélique, est de savoir que c'est pour moi, ma chère Sophie, que tu t'es privée de cette charmante partie; je t'assure que j'aurais moins souffert si tu y avais été. — Cela peut-être, répondit Sophie; mais moi je n'aurais eu aucun plaisir en te sachant ici toute seule livrée à tes regrets; non, ma chère amie, Dieu en nous donnant l'une à l'autre, a voulu que nous partageassions entre nous tout ce qui compose la vie : peines et plaisirs, biens et maux, tout doit être commun. N'en parlons donc plus : si tu ne veux pas que j'éprouve de privations, corrige-toi, car lors même que je suivrais maman, si elle l'ordonnait, mon cœur resterait avec toi, et je n'en serais que plus malheureuse.» Angélique embrassa sa sœur et lui promit de faire tous ses efforts pour vaincre sa négligence ; elle s'y appliqua en effet, et pendant quelques jours il y eut peu de reproches à lui faire; mais cela ne se soutint pas: à mesure que le carême s'avançait Angélique perdait le souvenir de la privation du carnaval, et la négligence reprenait tout son ascendant. C'était en vain qu'on espérait la vaincre par des motifs de sensibilité ou de crainte; quoique puissans sur son âme, ils n'avaient point assez de force pour extirper ce défaut enraciné par l'habitude et le temps; un sentiment surnaturel pouvait seul opérer ce changement, c'était à la religion qu'il appartenait de le produire. Angélique, comme je l'ai dit, n'avait jamais assez d'argent pour ses besoins, ses négligences lui en emportant la plus grande partie. Il arriva qu'un jour, comme elle revenait avec sa mère et sa sœur de chez sa tante, une jeune femme, portant un enfant, tomba presque sous les roues de leur voiture et s'évanouit. La comtesse fit arrêter, donna son flacon, s'informa si la femme ou l'enfant n'étaient pas blessés, et de ce qui avait pu causer cet accident. On rapporta que c'était sûrement la faim, la femme paraissant extrêmement faible. « Bon Dieu, disent aussitôt les deux sœurs, est-il donc possible qu'il y ait des gens assez misérables pour ne pas avoir de quoi manger!..Tenez, ajouta Sophie en présentant au domestique une pièce de monnaie, allez lui acheter quelque chose qui puisse la ranimer. » Il y alla, et la jeune femme revint à la vie pour quelques instans. Mme. de Puymorin lui fit donner son nom et son adresse avec un louis, en lui faisant dire de venir la voir aussitôt qu'elle aurait assez de force pour marcher. La pauvre malheureuse, épuisée par la douleur, voulut se traîner jusqu'à la voiture pour remercier la Comtesse; on l'aida à s'en approcher, elle éleva ses mains suppliantes vers elle, en lui disant : « Je ne serai pas en état de profiter de vos bienfaits, mais daignez avoir pitié de mon pauvre enfant, il n'a plus de père, et bientôt..... » Elle ne put achever, elle pâlit de nouveau. Angélique saisit l'enfant qui allait échapper des mains défaillantes de sa malheureuse mère, et comme si l'âme de cette infortunée n'avait attendu, pour quitter sa dépouille mortelle, que de voir l'objet de sa sollicitude recueilli par la charité, elle s'envola dans le sein de l'Eternel, laissant Angélique dépositaire de ce petit être qui n'avait plus personne sur la terre qui s'intéressât à lui. Les assistans, émus de pitié, ne savaient que faire de celle que la mort venait de frapper. La Comtesse dit à Angélique de remettre l'enfant au domestique, qu'elle chargea d'aller chez le commissaire de police du quartier faire la déclaration de ce qui s'était passé;

mais Angélique, qui entendait encore les accens de cette mère mourante, et qui avait pris son enfant de ses mains, supplia si instamment sa mère de lui permettre de s'en charger, qu'elle n'eut pas la force de s'y refuser. « Mais, observa la Comtesse, comment feriez-vous pour payer les mois de nourrice de cet enfant, vous qui n'avez jamais assez pour vos propres besoins? — J'aurai assez, je vous le promets, je suis corrigée; Dieu me fera la grâce de surmonter ma négligence, et puisque Sophie a suffisamment de quoi payer ceux de sa filleule, j'aurai aussi pour acquitter ceux de mon enfant d'adoption. — Angélique, reprit sa mère d'un ton solennel, le promettez-vous, non pas à moi, mais à Dieu qui vous voit, vous entend, et va vous rendre responsable de l'avenir de cet enfant? Voyez, réfléchissez, il en est temps encore; ne prenez pas d'engagement téméraire; rendez cet enfant au domestique qui le déposera chez le commissaire, d'où il sera envoyé aux Enfans-Trouvés : là, il sera élevé, durement peut-être, mais dans des principes religieux; il y passera son enfance, y apprendra un état avec lequel il pourra gagner sa vie honnêtement; il saura lire, écrire, compter, aura de la religion et de la probité. Songez qu'en vous chargeant de cet enfant, il faut qu'il reçoive tout cela de vous; et si par votre négligence il arrivait que cet enfant manquât de principes ou de moyens d'existence, qu'il devînt la proie du vice enfin, ce serait sur vous que peserait la responsabilité, ce serait à vous que Dieu demanderait compte de son âme. — Eh bien! maman, répondit Angélique avec tout le feu de la charité chrétienne, je m'en charge; Dieu qui voit le fond de mon cœur ne m'abandonnera pas, il me soutiendra, bénira mes efforts; je me corrigerai, et mon enfant ne manquera de rien. — Je le souhaite, et ne m'oppose plus à vos voeux : puisse la divine Providence veiller sur vous et sur le dépôt qui va vous être confié; car c'est devant le magistrat, ma fille, que vous allez prendre cet engagement redoutable devant Dieu, imposant aux yeux des hommes. — J'attends tout de la bonté de Dieu, et j'espère remplir les devoirs dont vous me permettez de me charger. — Cela suffit, répondit la Comtesse: chez le commissaire de police de ce quartier, dit-elle au domestique qui attendait ses ordres. » La voiture partit, et lorsque l'on vit que ces dames gardaient l'enfant, des acclamations de bénédictions retentirent de toutes parts. Angélique et Sophie sentaient des larmes couler sur leurs joues brûlantes de la rougeur du plaisir. Madame de Puymorin était aussi fortement émue. Ce coup lui semblait décisif. Si le désir de remplir ses devoirs envers ce petit infortuné, l'idée d'être coupable aux yeux de Dieu et des hommes, n'étaient pas suffisans pour corriger Angélique, il n'y avait plus de ressource. Si au contraire ces motifs étaient capables de lui faire combattre sa négligence, combien elle bénirait cet instant qui aurait mis entre ses mains les moyens de faire une bonne action, et de guérir sa fille d'un défaut aussi pernicieux que la négligence !

On arriva chez le commissaire sans qu'aucune des trois personnes qui étaient dans la voiture eût dit un seul mot, tant les âmes étaient profondément touchées ; on descendit, Angélique tenant fièrement son enfant dans ses bras. Le domestique avait eu l'esprit de faire monter avec lui, derrière la voiture, deux des hommes qui étaient présens à l'événement qui venait d'avoir lieu, afin qu'ils pussent, en cas de besoin, servir de témoins. Madame de Puymorin fit sa déposition du fait, et autorisa sa fille à se charger de l'enfant. Angélique, au comble de ses vœux, signa cet engagement, que son cœur ratifiait en éprouvant un sentiment de bonheur inexprimable; elle embrassa sa mère avec tendresse et lui renouvela toutes les promesses qu'elle lui avait déjà faites. Ne sachant pas le nom de cet enfant, on l'appela Fortunée, à cause du bonheur qu'elle avait eu d'être déposée par sa mère expirante dans les mains d'Angélique. Fort heureusement encore pour la petite Fortunée, on était aux premiers jours du mois, ce qui donna à sa mère adoptive les moyens de lui acheter une layette, de se procurer une nourrice, et de payer le mois d'avance. Angélique n'eut pas un instant de repos que tout cela ne fût fait; elle consulta sa mère, qui l'aida dans tous ces détails avec infiniment de plaisir et de complaisance. Angélique travailla à différens petits objets nécessaires à l'enfant avec un soin et une activité qu'on ne lui avait jamais vus, ce qui fit augurer favorablement de l'avenir.

En effet, Angélique, pénétrée de l'importance des devoirs qu'elle s'était imposés, s'observa avec soin, s'appliqua à vaincre cette négligence qui lui était si préjudiciable, s'adressa à Dieu, le pria ardemment de la soutenir, et ses généreux efforts furent couronnés du succès. Elle ne gâta plus ses livres en les jetant à droite et à gauche, tantôt sur de l'encre, tantôt sur des couleurs ou de l'eau; elle serra ses dessins, ses cartes, ses ouvrages; elle ne tacha plus ses robes, parce qu'elle voulait les faire servir à habiller sa fille; en un mot, elle devint peu à peu aussi soigneuse, aussi attentive qu'elle avait été négligente. L'ordre et l'économie prirent la place du désordre et de la prodigalité; elle fut bien plus riche depuis qu'elle prit soin de tout ce dont elle se servait, et elle ne manqua plus de rien; cependant une pauvre petite créature lui devait l'existence que la mort de sa mère lui eût sans doute ravie, sans la rencontre inespérée de la généreuse Angélique, qui eut le plaisir de voir croître cet enfant d'une manière satisfaisante. Une fois que ses filles eurent acquis l'habitude de l'ordre et de l'économie, Madame de Puymorin voulut contribuer à leurs bonnes actions, elle augmenta leurs pensions en faveur de leurs enfans :

c'étaient aussi deux petites filles qui annonçaient devoir être jolies comme des anges, écueil de plus pour celles qui, comme ces infortunées, se trouvent sans parens, sans fortune, sans guide et sans appui ! Heureusement celles-ci avaient de véritables protectrices qui ne laissèrent pas leurs tâches imparfaites. Ces deux enfans furent élevés, non pas comme des demoiselles, mais d'une manière convenable à leur état; on leur fit apprendre à faire des robes et à raccommoder la dentelle. Elles avaient été élevées dans les principes de la religion et de l'honneur; elles avaient autant de probité que de talent et d'amour du travail. Leurs protectrices les établirent sous la surveillance de la mère Philippe, mère de la filleule de Sophie. Ces deux jeunes filles durent leur bonheur à Mesdemoiselles de Puymorin ; mais Mesdemoiselles de Puymorin durent à ces enfans d'être corrigées d'un défaut qui eût empoisonné leur vie, et peut-être causé leur ruine ou leur malheur.

Cette histoire doit prouver qu'avec des efforts soutenus et le secours de la religion, on peut venir à bout de vaincre ses défauts et d'acquérir toutes les vertus.

FIN DU SECOND VOLUME.

TABLE

DES MATIÈRES DU SECOND VOLUME.

FIN DE LA TABLE.

www.ingramcontent.com/pod-product-compliance
Ingram Content Group UK Ltd.
Pitfield, Milton Keynes, MK11 3LW, UK
UKHW031846260826
14628UKWH00002B/618

9 782013 270571